MEMORANDA

ÜBER DEN WOLKEN UND ANDERE GESCHICHTEN

SCIENCE FICTION AUS DER TÜRKEI

HERAUSGEBER ÜNVER ALIBEY

ÜBERSETZUNG İNCİ ASENA GERMAN

Über den Wolken und andere Geschichten
Science Fiction aus der Türkei
Herausgegeben von Ünver Alibey
Originalausgabe

Lektorat und Korrektur: Steffi Herrmann & Caroline Kohler

Umschlaggestaltung: Alessio Gherardini
Layout & Satz: Hardy Kettlitz
Druck: Schaltungsdienst Lange, Berlin
Gedruckt auf FSC-zertifiziertem Papier
aus nachhaltiger Forstwirtschaft

Memoranda Verlag
Hardy Kettlitz
Ilsenhof 12
12053 Berlin
www.memoranda.eu
www.facebook.com/MemorandaVerlag

ISBN: 978-3-911391-00-9 (Buchausgabe)
ISBN: 978-3-911391-01-6 (E-Book)

Inhalt

Ünver Alibey

Grenzenlos
Vorwort des Herausgebers

Sie stehen kurz vor einer Reise mit acht bedeutenden Schriftstellern der zeitgenössischen türkischen Science-Fiction-Literatur, und wir hoffen, dass es für Sie eine spannende Reise wird.

Die türkische Science Fiction hat in den vergangenen Jahren einen weiten Weg zurückgelegt. Heute sind wir sogar so weit, dass unsere Autoren im Ausland veröffentlicht werden und an internationalen Schreibwettbewerben teilnehmen können – kaum zu glauben! Aus diesem Pool haben wir auch die Autoren für unsere Anthologie *Über den Wolken und andere Geschichten* ausgesucht: Es sind allesamt Namen, die sich vollständig dem Genre gewidmet haben. Wir können sogar behaupten, dass sie Science-Fiction-Literatur so verinnerlicht haben, als seien sie auf der USS *Enterprise* geboren und in der Lage, originelle, eigene Werke zu produzieren.

Was aber ist Science Fiction eigentlich?

Natürlich gibt es viele unterschiedliche und sich überschneidende Wege, diese Frage zu beantworten. Aber meiner Meinung nach geht es in der Science Fiction um die

Veränderungen und die Weiterentwicklung von Wissenschaft und Technologien und die Auswirkungen auf den Einzelnen und auf die Gesellschaft. Es handelt sich um ein Literaturgenre, das versucht, Vorhersagen zu treffen und zu spekulieren. Science Fiction warnt uns vor dem Verlauf gesellschaftlicher und technologischer Ereignisse, packt uns manchmal sogar am Kragen und schüttelt uns, damit wir sehen, in welchen Bereichen wir das Maß verlieren und somit unsere Welt zerstören. Sie hält uns einen Spiegel vor und gibt uns Anregungen, damit es nicht so weit kommt. Science Fiction ist vor allem »Mahnliteratur«.

Warum reden wir von spekulativer Fiktion, von Wahrscheinlichkeiten?

Weil Science Fiction aus Wahrscheinlichkeiten besteht. Schriftsteller führen eine Art von Wahrscheinlichkeitsrechnung durch und bringen die von ihnen konstruierten Zukunftsvisionen zu Papier. Die Möglichkeiten sind grenzenlos; sie können optimistisch sein, oder eben auch nicht.

Obwohl es auch das Untergenre der utopischen Science Fiction gibt und hier vielversprechende Möglichkeiten für die Zukunft vorgestellt werden können, war Dystopie schon immer der effektivere Weg, um einen Eindruck zu hinterlassen. Dystopische Literatur kann Generationen aufklären und sie auf politische, ökologische und technologische Probleme aufmerksam machen, sie kann zu einem nützlichen Instrument werden. Wenn wir uns nämlich der Gefahren bewusst sind, können wir uns auch schützen, nicht wahr? Aus genau diesem Grund haben wir uns auf dunklere, pessimistischere Möglichkeiten konzentriert. Möglichkeiten, die uns an den Rand des sozialen Kollapses oder der Katastrophen führen und des Öfteren diese Grenze überschreiten. Obwohl sich die meisten Kurzgeschichten in unserer Anthologie auf

Szenarien der Dunkelheit konzentrieren, präsentieren wir aber auch die eine oder andere Geschichte, die nicht der Dystopie zuzuordnen ist.

Am Ende finden Sie außerdem einen von Özgür Tacer geschriebenen Artikel mit dem Titel »Einheimische Science Fiction in der Türkei: Ein Kampf ums Überleben«, ein unterhaltsamer Überblick, der die Geburt und die Entwicklung der türkischen Science-Fiction-Literatur näher beleuchtet.

Wenn Sie nun bereit sind, durch die Möglichkeiten aus den Köpfen unserer Schriftsteller zu schlendern, blättern Sie um und haben Sie eine angenehme Lektüre.

İnci Asena German

Vorwort der Übersetzerin

Wer durch die engen, sich schlängelnden Kopfsteinpflastergassen des Beyoğlu wandert, sich von langsam vor sich hin taumelnden und murmelnden Menschenmassen und einladenden Essens- und Gewürzgerüchen treiben lässt, wird früher oder später in einem der winzigen Geschäfte voller Kühlschrankmagnete mit folkloristischen Motiven, selbstgenähten Taschen, handgeknüpften Teppichen, bunten Chiffonkleidern und anderem touristischen Allerlei auf die beliebten T-Shirts stoßen, die mit einem Satz beschriftet sind, der das Flair der Stadt Istanbul auf den Punkt bringt: »You call it chaos, we call it home.«

Die Türkei, und insbesondere Istanbul, wo die meisten kreativen Köpfe des Landes wohnen, arbeiten und sich inspirieren lassen, ist stolz auf ihr Chaos. Die Vorliebe für das Ungeregelte, das Zufällige, das Unkontrollierte, eine gewisse Leichtigkeit und Vagheit beherrschen das Leben in dieser Stadt, und diese »légèreté« findet sich auch in der Sprache wieder. Türkisch mag es vage. Es ist eine Sprache, die zum Mitdenken, zum Vorstellen anregt, was im direkten Gegensatz zur deutschen Präzision und Ordnung steht. Deutsch mag es so bestimmt, so genau wie möglich. Dieser wesentliche Unterschied zwischen den zwei Sprachen bildet auch die Hauptschwierigkeit bei der Übersetzung, vor allem bei der Übersetzung von Science Fiction, wo ja mit der Idee von anderen, fremden Mentalitäten gespielt werden soll. Was aber, wenn die Mentalität des Ursprungstextes ohnehin schon anders ist? Es ist zum Beispiel knifflig, von einer geschlechterlosen Sprache für einen Leser zu übersetzen, der laut Regeln seiner Sprache von einer dritten Person nicht reden kann, ohne ihr Geschlecht zu erwähnen. Das wird spätestens dann zu einem Problem, wenn genderlose Gesellschaftsvisionen dargestellt werden sollen. Oder in der Beschreibung eines geschlechtslosen Aliens vom Blickpunkt eines Erdlings.

Auch thematisch spielt dieser Gegensatz, Chaos gegen Ordnung, eine zentrale Rolle in der SF-Anthologie *Über den Wolken und andere Geschichten*. In diesem Sinne ist diese Anthologie so etwas wie ein Liebesbrief an das Chaos, und das verträgt sich sehr gut mit einer etwas älteren, klassisch dystopischen SF-Tradition à la Le Guin, Huxley oder gar Orwell – Systeme, die organisches Leben durch Regeln, Religionen, Kontrollmechanismen ordnen, kontrollieren und es »perfektionieren« wollen; ein quasi romantischer Ansatz, in dem die Technologie der Natur und der Identität zuwiderläuft sowie jegliche Freude an Spontaneität und Zufall raubt. Die Wurzeln dieser Dualität, die durch so manche Geschichte in dieser Anthologie kriecht, und deren ganz spezielle, historische Bedeutung für die türkische Science Fiction werden im Nachwort von Özgür Tacer ausführlich geschildert. Dieses Nachwort bietet eine zusätzliche Verständnisebene für das, was man als »Lokalkolorierung« interpretieren kann und sollte.

Als der Verleger Hardy Kettlitz mich während der Corona-Pandemie anrief und ein gemeinsames »SF-Projekt aus der Türkei« vorschlug, war mir klar, dass es nicht einfach sein würde, eine passende Anthologie zu finden. Abgesehen davon, dass das Reisen zu der Zeit undenkbar war, stellte sich ein spezielles Problem in der Findung von Kurzgeschichten dar, die den für den deutschen Leser passenden Ton haben: die sogenannte »Lokalkolorierung«, ohne in orientalistische Klischees zu verfallen, die leider immer noch das Bild der Türkei in Deutschland prägen. Eine weitere Schwierigkeit betrifft das Genre an sich und die mangelnde Wertschätzung, die der Science Fiction geschenkt wird. Denn SF und weitere spekulative Genres sind nicht gerade die beliebtesten in der Türkei. Wenn man heute einen Buchladen in irgendeiner türkischen Stadt besucht, wird man sehen, dass die Bestseller-Regale vor allem von Selbsthilfe-, Philosophie- und Krimibüchern sowie der Gegenwartsliteratur dominiert werden.

Dass ich letztendlich durch die in Berlin lebende italienische Autorin Chiara De Giorgi, die sich großer Beliebtheit in der Türkei erfreut, die Bekanntschaft von Kurator und Herausgeber Ünver Alibey machte und wir ihn für unser Projekt gewinnen konnten, war ein wahrhaftiger Glücksgriff. Durch seine Kompetenz vor allem im Patentbereich und sein Fachwissen stellte er in kürzester Zeit von den Gewinnern verschiedener Kurzgeschichtenwettbewerbe eine Anthologie zusammen. Die Besten der Besten sozusagen. Überhaupt bilden SF-Preise in der Türkei die nützlichste und mehr oder weniger einzige Plattform für Autor*innen, um von sich hören zu lassen. Es besteht schlichtweg zu wenig Interesse an der Science Fiction.

Ein letzter herzlicher Dank gilt Caroline Kohler, die die undankbare Aufgabe der Beta-Leserin übernommen und mit Bravour gemeistert hat.

Das Ergebnis, also die erste in deutscher Sprache publizierte SF-Anthologie aus der Türkei, erscheint in einer auch für Deutschland interessanten Zeit. Im vergangenen Winter brach eine öffentliche, emotionale Diskussion aus, als der Name des deutsch-türkischen Filmemachers İlker Çatak – dessen Film *Das Lehrerzimmer*, der für den besten internationalen Film für den Oscar nominiert wurde – zunächst in der Presse schlichtweg ignoriert (die Werke seiner deutschstämmigen Kolleginnen nicht) und später dazu noch falsch geschrieben wurde.

Genau diese mangelnde Wertschätzung und dieses fehlende Interesse für eine Gruppe von Menschen, die mittlerweile seit Jahrzehnten hier lebt, thematisiert auch Regisseur Cem Kaya in seinem 2022 erschienenen Film *Aşk, Mark ve Ölüm / Liebe, D-Mark und Tod*, der von der Musikkultur der »Gastarbeiter« in Deutschland handelt und die Gleichgültigkeit der deutschen Gesellschaft vor Augen führt.

Dass heute endlich über diese Themen geredet wird, ist gut und kann Kathartisches bewirken. Ich bin der Meinung, dass die Veröffentlichung von *Über den Wolken* in diese Diskussion gut hineinpasst und auch für den Science-Fiction-Geek einen Beitrag leisten kann.

In diesem Sinne: Danke für Ihr Interesse und viel Spaß beim Lesen!

Semin Güven

Der Zwischenfall in der Aufwacheinheit

Als ich in der Aufwachabteilung arbeitete, war mein Leben so anders, dass die Erinnerung sich so entfernt anfühlt wie eine Art VR-Filmdrehbuch, das vor Jahrhunderten auf den Marskolonien spielt. Faktisch ist es aber nur siebzehn Jahre her. Ich war 160 Jahre alt und einer der wenigen empfindungsfähigen Sapiens, der per Geburt entstanden war. Meine Logikkurve und meine VNB (Verhaltensnachhaltigkeitsbewertung) waren auf dem Höhepunkt. Meine Aufgabe war es, den Langschläfern beim Aufwachen ihre vorhandenen Lebensdynamiken zu transferieren und ihnen das »perfekte Habitat« vorzustellen. Damals, als noch keine autonomen Lebensformen produziert wurden, arbeiteten größtenteils geborene Konstruktionen, also wir, in den Kryogenräumen, wahrscheinlich weil unser Aussehen das Schockrisiko des Aufgeweckten auf ein Minimum reduzierte. Ich weiß es nicht genau, ich habe es nie hinterfragt und ehrlich gesagt ist es mir auch egal. Das, was ich verdiente, reichte zum Leben und darüber hinaus für regelmäßige Zahlungen an die Stiftungen meiner Wahl, und ich musste nicht, wie viele andere, Gewalt verkaufen. Das war für mich ausreichend.

Im Sapiens-Identitätsalgorithmus steht die Logikkurve in umgekehrter Proportionalität zur Gierkurve, was ein höheres Einkommensniveau mit sich bringt. Ich war Logiker.

Der Täter des betreffenden Zwischenfalls stammt von einem äußerst kuriosen und uralten Pack! Stellen Sie sich folgendes Szenario vor: Als ihr Aufwachtermin kam, musste die Gruppe vom Sapiens-Museum in die Aufwacheinheit transportiert werden. Es war fast so, als wecke man Marmorstatuen aus der Antike auf. Sie wurden am Ende des modernen Zeitalters, während des 6. Atomkriegs, in den Schlaf versetzt. Damals war das alles andere als eine Standardprozedur, eher ein ziemlich teures, nur den Privilegierten zugängliches Vorhaben. Wenn man bedenkt, dass ihre eigenen Leute in dem folgenden Krieg massakriert worden sind, könnte es sogar durchaus sein, dass das Geld, durch das sich diese neun Leute haben einfrieren lassen, ironischerweise einen großen Teil des Kriegs finanziert hat. Ich erinnere mich noch gedacht zu haben, dass sie sich bewusst eine Zeit zum Aufwachen ausgesucht haben, die so weit in der Zukunft liegt, dass ihre Taten längst vergessen sind. Falls dies der Fall war, so war es die richtige Entscheidung. Selbst wenn sie darüber reden wollten, würde sich niemand dafür interessieren. Das weiß ich, weil ich ihr einziger Sapiens-Ansprechpartner war, und ich hatte nichts weiter vor, als mein Orientierungsprogramm durchzuziehen und sie nicht ins Verhör zu nehmen.

Entsprechend meinen Anweisungen habe ich ihnen zunächst versichert, dass sie in einem friedlichen Zeitalter aufwachten. Danach habe ich sie in den oberen Bereich geführt, wo sie sich ernähren und die zweidimensionale Vorstellungssimulation (ähnlich wie die Bildschirme, die in der Moderne gebräuchlich waren) anschauen konnten. Sie haben sich meine Ausführungen angehört und die

Zusammenfassung des historischen Verlaufs angeschaut. Sie waren kaum voneinander zu unterscheiden, vielleicht war bei einem oder anderem das Interesse mal größer, oder die Verwunderung, hier und da gab es Panik oder seltsame emotionale Reaktionen …

Wie wunderbar für sie, dass sie vom Höllenkrieg zur heutigen Ära der Vollendung aufgewacht waren. Sie befanden sich jetzt in einem Zeitalter, in dem ein einziges autarkes Kollektivbewusstsein anerkannt wurde und nicht mehr ignoriert werden konnte. Zumindest nicht, solange das Bewusstsein es selbst so wünschte. Die Materie, aus der wir waren, wurde eingeweicht, gebogen und letztendlich perfektioniert. Zum Leben mussten wir nur noch eine Daseinsoption unserer Wahl aussuchen. Ich zum Beispiel habe, wie viele andere auch, gewählt, ein Hedon zu sein, obwohl mich Genüsse, nach denen andere süchtig wurden, nie gereizt haben. Warum auch immer. Ich hatte mein eigenes Vergnügen: Eroberungen. So wie andere es genossen sich zu prügeln oder vergewaltigt zu werden, hatte ich einen unstillbaren Durst nach Eroberungen. Dieser Durst kann vorerst nicht gestillt werden, nicht wie bei anderen Gelüsten. Es stimmt, dass ich deshalb den wenig schmeichelhaften Ruf habe, langweilig zu sein. Falls aber Geistlosigkeit sich als eine endokrinologische oder neuroplastische Unregelmäßigkeit erwiesen hätte, hätte ich es längst reparieren lassen und wäre jetzt nicht hier. Im Endeffekt muss auch ich wie alle anderen für die periodischen Zahlungen gescannt werden, und dabei wurden bisher keinerlei Abnormalitäten festgestellt. Ich wünschte mir nichts sehnlicher, als meine Entdeckungslust mit minderen Freuden unterdrücken zu können …

Verstehen Sie mich nicht falsch, ich beschwere mich nicht über die Vollendung. Mein Wunsch ist bedeutungslos, denn er ist aussichtslos und er rührt höchstwahrscheinlich von den intensiven historischen Recherchen her, die ich während meiner Arbeit in der Aufwachabteilung zu führen pflegte. Falls ich aber normal bin, warum habe ich dennoch vergebliche und unersättliche Wünsche, die ich bei niemandem sonst beobachte? Bedeutet das, dass es noch weitere Dinge zu entdecken gibt? Dinge, die den Geist, das Bewusstsein betreffen? Das Bewusstsein … Oder ist es der Reparaturprozess meiner Krankheit, der mir diese Gedanken einflößt? Wird es nach meinem Gespräch mit dem System möglich sein, mich zu korrigieren? Kann meine Suche nach dem Licht in den Augen der Aufwachenden an diesem einen Tag ein Ende finden?

Aber zurück zum Thema … Wie ich vorher erwähnte, waren sie Mitglieder eines Stammes, der sich während des Atomkriegs zum Schlafen gelegt hatte. An dem Tag, an dem sie aufgeweckt wurden, ist Folgendes passiert:

Manchmal entdeckte ich interessante Redewendungen aus der Vergangenheit und benutzte sie, um es den Aufgeweckten einfacher zu machen. Zum Beispiel versuchte ich, die Hässlichkeit von primitiven, Sapiens-artigen Kommunikationsbemühungen, wie etwa die Nachfrage nach Nationalität oder Geschlecht, mit dem Wort »unangebracht« zu beantworten. Meine Recherchen zeigten, dass dies ein Begriff des konservativen Flügels aus der modernen Zeit war. Trotz meiner ausführlichen Ermittlungen war es mir unmöglich, diesen Begriff vollständig nachzuvollziehen. Immerhin unterband das Wort weitere Fragen und war zu einer Art Zauberwort geworden, von dem ich, aufgrund seiner versatilen Funktionalität, des Öfteren Gebrauch machte.

Als an diesem Tag die Fragen nach dem Aussterben aller Tierarten kein Ende fanden, dachte ich, »unangebracht« wäre die passende Antwort. Ich sagte in etwa »Es gibt sicherlich einen stichhaltigen Grund, warum sich andere Tierarten nicht mehr in ihrer ursprünglichen Form unter uns befinden. Sowohl dies zu viel zu hinterfragen, als auch solch emotionale Reaktionen zu einer Tatsache, welche Sie nicht mehr ändern können … das ist unangebracht.« Eigentlich meinte ich »nutzlos und idiotisch«, aber die Gruppe direkt zu beleidigen war das Letzte, was ich wollte. Mein eigentliches Ziel war zwar Deeskalation, jedoch hatten meine Worte unabsichtlich für noch mehr Aufruhr gesorgt. Diese betreffende Person sprang hoch und schlug ihre Hände auf den Tisch. Währenddessen sprach sie so laut und schnell, dass ich den In-ear-Übersetzer nicht mehr verstand. Ich erinnere mich noch an das wenige, das ich hören konnte: »Wie konntet ihr nur?!«, »Was habt ihr bloß geopfert, um länger zu leben?«, »Was bleibt von uns denn noch übrig?«, »Wer bitte traf die Entscheidung, unser Leben sei mehr wert als das eines Hasen, eines Orang-Utans?« und so weiter und so fort …

Groteske Emotionsausbrüche waren für mich nichts Ungewöhnliches. Sogar bei den relativ zeitnah Eingefrorenen kamen traumabedingte Ausbrüche schon mal vor. Nichts von dem, was sie sagte, war von einprägsamer Bedeutung. Ich erinnere mich gedacht zu haben, dass das ganze Geblödel aus einem anthropozentrischen und unlogisch religiösen Denken aus primitiven Zeiten heraus entstand. Natürlich war ich für diese Fragen und Anklagen nicht der richtige Ansprechpartner. Falls ich mich nach all den Jahren noch immer an ihre Worte erinnere, dann liegt das an dem, was danach passierte.

Wenn ich das Ganze jetzt Revue passieren lasse, merke ich, dass an ihren Worten weder etwas Anthropozentrisches noch Religiöses war. Im Gegenteil: Ich war hier die Partei, die hinter Sapiens-zentrischen und historisch-progressivistischen Denkmustern stecken geblieben war. Zwischen uns befanden sich gigantische Wahrnehmungs- und Verständnishürden, die nicht einmal von Übersetzungsgeräten überwunden werden konnten. Sicherlich, wäre ich fokussierter gewesen, hätte ich das zu dem Zeitpunkt erkennen können. Sie waren Existenzen aus einem vergangenen, unerreichbaren Zeitalter. Wenn es auch möglich wäre zurückzukehren, war es doch eine tote Zeit, unter alter Geschichte vergraben. Die Realität, die wir uns teilten, war in »meiner« Zeit und an »meinem« Ort. Die Diskussion war in meinen Augen beendet, als sie nach dem Geschrei hilflos dastand. Das war der Punkt, an dem wir automatisch zum nächsten Schritt übergehen. Ihre einzige Adaptationsmöglichkeit war, mich zu konsultieren, von mir zu lernen, mich zu imitieren. Unsere Rollen in diesem Interaktionskreis waren ganz klar definiert. Die meine war eine aktive Rolle, während die ihre passiv war. So bequem die Endgültigkeit dieses unausgesprochenen Verdikts für mich war, so unliebsam war sie für sie. Die neuen Grundregeln ihres Lebens waren nichts weiter als meine tägliche Arbeit. Ihre Gefühlsexplosion im Ernährungsbereich war nicht mehr als eine Parodie, gespielt, um dieses Ungleichgewicht zu unterstreichen. Ich wartete regungslos auf das Ende dieser unangenehmen Episode. Sie aber schrie weiter, als wolle sie ihre Halsschlagadern sprengen, sie schrie, bis ihr Gesicht vor Blut anschwoll und sie zwischendurch röchelnd durchatmen musste, als würde sie gleich ersticken. Mein Übersetzungsgerät konnte das Gesagte nur noch teilweise übersetzen und hatte den vergrößerbaren Ohrschutz ausgefahren, als habe es die Unüberwindbarkeit der Mauer zwischen uns erkannt. Ansonsten hätten meine Hände wahrscheinlich dasselbe getan und meine Ohren bedeckt. Im Anschluss passierte natürlich das, was ich ohnehin schon erwartet hatte. Ich blieb gelassen, wohlwissend, dass ich das Recht auf meiner Seite hatte. Sie verstand letztendlich, dass sie mit ihrem Geschrei nichts ausrichten konnte, und beruhigte sich.

Ich kündigte an, dass ich sie nach ihrer Nahrungsaufnahme über die Attraktionen der Stadt informieren würde. Sie tuschelten noch immer untereinander und versuchten, die eine Person zu beruhigen. Ich hörte den Namen »Ecrin«. Das musste ihr Name sein: Ecrin. Sie war jetzt still und sah für mich ziemlich beruhigt aus. Aber trotzdem war die Luft raus. Auch diejenigen, die vorher neugierig und interessiert Fragen gestellt hatten, hatten jetzt dieses Interesse verloren. Sie schienen distanziert und sogar entfremdet.

Dieses Gefühl jedoch erforderte zu dem Zeitpunkt kein besonderes Augenmerk und ich führte weiterhin meine Arbeit aus. Ich war mir sicher, dass sich die dicke Luft, spätestens wenn ich von den spektakulärsten Entwicklungen, von grenzenloser Freiheit, Unterhaltungsprogrammen und Freuden berichtete, auflösen würde. In den Räumen der neuen Realität, die alle Gefühle zu 100 Prozent simulieren können, konnten sie in jede denkbare Zeit und Ort transportiert werden und in realitätsnahen Wunschszenarien so viel Zeit verbringen, wie sie auch nur wollten. In den Gefechtsräumen konnten sie jeder Art von Kampf zuschauen oder sogar an diesen Kämpfen teilnehmen, sich anschließend reparieren und restaurieren lassen und Modelle, genauso wie mein linker Arm hier oder sogar noch bessere, aussuchen und ein neues physisches Erscheinungsbild entwerfen. Das Tier, welches sie vermissten – ich habe diese Stelle besonders stark betont –, konnten sie wiederbeleben lassen und auf ein beliebiges Harmonie- und Verbindungsniveau adjustieren. Es war möglich, dieses zu 100 Prozent natürlich zu gestalten, sodass man vergessen konnte, dass es nie geboren wurde. Sie konnten es kryogen einfrieren lassen oder in mobilen Käfigen in diversen Größen transportieren, es züchten und Nachwuchs bekommen, auch diesen pflegen, füttern und Gassi führen. Diese Tiere mussten nicht sterben, wenn es nicht gewollt war. Außerdem konnten sie eine Kopie eines jeden Menschen animieren, sie so behandeln, wie sie mochten, in die Gefechtsräume bringen und zerfleischen oder jedes soziale Gefühl auf dem gewünschten Niveau hochladen. Es reichte etwa aus, ein Charmerika zu besuchen, um den perfekten Liebhaber zu designen. Sie vermissten ihre Mütter? Dank der Kopierung von DNA-Strängen und den Erinnerungspfaden in ihren Gehirnen konnten sie auf der Stelle ein vollkommenes Replikat erschaffen. Falls sie täglich die Sonne sehen mochten wie in den alten Tagen, konnten sie ja auf die Plattformen der Sphäreneinheit steigen.

Schlussendlich habe ich ihnen die prinzipiellen Vorteile der Vollendungs-Ära aufgezählt, die sie von den alten, gefährlichen, unzuverlässigen, halb entwickelten Zeiten unterscheiden. »Alles« war wortwörtlich möglich. Sie mussten es nur wollen.

Auch wenn manche von ihnen beeindruckt aussahen, schien es doch eher so, als ob sie etwas überrascht oder gar betrübt waren. Ich hatte kein Verständnis dafür, dass sie nicht in Bewunderung, ja sogar Freudentränen ausbrachen. Der ganze Planet war eine Spielwiese und sie mussten lediglich ihr Spielzeug aussuchen. War das eine zu große Last? Falls sie dennoch engstirnig bleiben wollten, hatten sie sicherlich das Recht dazu. Ich erklärte ihnen sorgfältig, dass Zehntausende von extremistischen Gruppierungen weiterhin aktiv seien. Dass sie ihre Zeit damit verbringen können, Demonstrationen zu organisieren. Dass sie auf der Straße mit extrem dramatisierten perversen Dichtereien, genannt »Slogans«, nach Aufmerksamkeit schreien können und dabei ernsthaft glauben, dass sie ihre »noble« Sache verteidigen, als sei ihre Zwecklosigkeit nicht immer wieder aufs Neue bewiesen worden. Die Geschlechtsbinären, die Egalitaristen, die Humanisten (ich hasse es, dieses Schimpfwort zu benutzen, aber es ist allemal besser, als ihre Eigenbezeichnung »die, die das fabrizierte emotionale Bewusstsein als nicht natürlich anerkennen«) … Ich habe alle denkbaren Gruppen erwähnt, die Gefallen an Hassrhetorik finden. Sogar die konzeptionellen Duellisten und die Rhetoriker. Wenn sie das Ganze aber nicht wollten, war es durchaus möglich, sich von Gruppen zu separieren und auch so wunderbar zu leben, niemand würde sie zwingen, Teil einer Gruppierung zu sein, zu der sie nicht gehören mochten. Als die Einschränkungen des alten Systems abgeschafft wurden, wurden auch tyrannische Begierden und ihre Ziele ausgelöscht.

Trotz meiner Erklärungen bekam ich nicht einmal annähernd die positive Reaktion, die ich erwartete. Die Gruppe schien beeinflusst vom einseitigen Streit, den Ecrin mit mir geführt hatte.

Aus dem Fenster eines offenen Raums mit Stadtblick versuchte ich, ihnen den Verkehrsfluss der Hunderttausenden Menschen zu erklären, als sie mit übertriebener Ruhe fragte: »Wo ist die Erde?« Da ich dachte, dass sie mich vorher nicht verstanden hatte, fing ich an, die Energiezyklen der Sauerstoffranken und ihre Kapazitätsangaben zu wiederholen, aber sie korrigierte mich: »Das meine ich nicht. All dieses Wirrwarr hat doch irgendwo seine Wurzeln, oder? Erde, Boden … Man sieht sie von hier aus nicht. Wo ist sie?« Ich habe in dem Moment alle mir verfügbaren Informationen aufgerufen. »Na klar«, wollte ich sagen, »lassen Sie uns sofort die fortgeschrittene Version ansehen.« Ich wusste aber, dass das, was sie jetzt meinte, reine Erde war, die Wüste und die Canyons; die Erde, die jetzt nicht existent war. Es gab nur die lichtdurchlässige Bodenschicht und das radioaktive Glimmen darunter. Sie sagte, sie wolle es sehen; die anderen acht Leute in ihrer Gruppe können bezeugen, dass sie darauf bestanden hat. Ich habe geäußert, dass ihre Hauttypen nicht dafür geeignet sind, sie Schutzschilde brauchen und dass die Beschichtung Zeit braucht. Nichts, was ich sagte, konnte sie auch nur ansatzweise von ihrer Absicht abbringen. Sie wollte gehen, und die anderen haben sie darin bestärkt.

So stand der Plan fest. Als wir uns endlich in den Kapseln niedergelassen hatten und hinunterfuhren, versuchte ich, Informationen aus meinem Gedächtnis aufzurufen. Ab welchem Atomkrieg noch mal wurde die Erde stufenweise und letztendlich komplett radioaktiv und begann zu leuchten? Wie wurde der Lebensraum auf Platten transportiert? Wie konnten wir im Vergleich zu alten Zeiten jetzt das nachtlose Licht von unten benutzen und welche Vorteile hatte das im Vergleich zu den alten Zeiten, in denen die Sonnenenergie verschwendet wurde?

Sie schien kein großes Interesse an meinen Worten zu haben, ich dachte mir aber nichts dabei.

Ehrlich gesagt war es meine erste Priorität, sie stillzuhalten.

Ich weiß noch immer nicht, wie sie die Kapsel öffnen konnte. Ich habe keine Ahnung. Als ich sie endlich sah, schaute sie vom Rande der Plattform auf das geschmeidige Leuchten von unten. Mein erster Gedanke war, dass sie wahrscheinlich das Leuchten ohne Schutz, mit bloßem Auge bewundern wollte.

Tatsächlich war meine sekundenlange Vermutung so falsch und naiv, wie sie nur sein konnte.

Als ich ihr Vorhaben erkannte, fror ich zunächst auf der Stelle ein. Sie hatte noch nicht den Vertrag zu Aufwachbedingungen unterzeichnet, da wir noch gar nicht so weit gekommen waren. Was machte sie da? Ich sprang auf und versuchte, meine Kapsel zu öffnen, es ging aber nicht. Ich war nur ein paar Meter entfernt, aber es war mir unmöglich, eingreifen zu können, und so schrie ich: »Bitte komm zurück! Es ist dort nicht sicher!« Sie schüttelte den Kopf, es war aber nicht diese Geste, die mich letztendlich vermuten ließ, was sie als Nächstes tun würde. Es war ihr Gesichtsausdruck, wie ihr Mundwinkel sich hochzog … Bis heute sind wenige Erinnerungen in meinem Gedächtnis so klar wie diese. Es schien mir, als ob mein Augenkontakt das Einzige war, was sie noch zurück, hier bei uns, hielt. Vollständig hier … Sie war kurz davor, für immer zu verschwinden. Dies war eine neue Erfahrung für mich. Ich hatte nie einen Sapiens gesehen, der für immer verschwand.

Sicherlich habe ich jene kennengelernt, die gestorben sind, aber immer auf normalem Weg. Diejenigen, die aus Platzmangel von uns scheiden, nachdem ihre Koda gespeichert wurde, um später reanimiert zu werden. Der Tod war im Grunde nur eine Archivierungsangelegenheit, aber das hier … Das war etwas anderes, etwas über den gewöhnlichen Tod hinaus. Ab dem Moment hätte ich sie nicht mehr archivieren lassen können. Ich schrie. So laut ich konnte. »Stopp! Komm zurück! Du wirst vernichtet!«

Mein Hals verkrampfte sich vor lauter Schreien. »Was willst du denn noch? Alles ist da. Alles … Was willst du denn noch?« Ihre Lippen bewegten sich. Danach spannten sie sich und zogen sich nach oben. Sie schloss die Augen, und die einzige Verbindung, die ich zu ihr hatte, wurde für immer und ewig zerrissen. Sie trat einen Schritt nach hinten, in die Lücke zwischen sich und dem brennenden und leuchtenden Boden. Ein einziger Schritt. Auf der Plattform sah ich das zurückgebliebene modulare Übersetzungsgerät. Ein wenig später fiel auch dies hinunter. Jetzt waren sie nur noch zwei Umrisse, die in der Weite immer kleiner wurden. Als der größere Umriss sein Ziel, also den radioaktiven Boden, erreichte, verursachte dies lediglich eine dürftige, rötliche Intensivierung inmitten der geschmeidigen Farbwellen. Diese Röte war die letzte Auswirkung, die Ecrins Körper auf die Welt hatte.

Im Nachhinein habe ich öfter darüber nachgedacht. Ich muss gestehen, dass das Thema auch außerhalb meiner Freizeit meinen Geist auf unerlaubte und sinnlose Weise heimsucht. Ich werde den Gedanken nicht los, dass diese unabänderliche Abfolge von Ereignissen, wenn auch unbeabsichtigt, das Ergebnis meines eigenen Fehlverhaltens war. Ich habe mich an die Prozeduren gehalten, aber wenn etwa ein systemverbundenes emotionales Bewusstsein bei der Einführung dieser Truppe meinen Job gemacht hätte, hätte es dann das Verhalten dieses einen Sapiens vielleicht vorhersehen und verhindern können, dass sie wie ein gefallenes Glas Marmelade ins Nichts spritzt? Eine weitere Frage ist, ob es hätte verhindert werden sollen. Vielleicht ist das sogar die zentrale Frage. Zusammenfassend kann man sagen, dass kein Bewusstsein, unabhängig von der Ausprägung seines Verstands im Bezug zum freien Willen, in ein anderes eingreifen sollte. Selbst diese Akzeptanz kann aber nicht verhindern, dass mein Geist vergeblich Fragen zur Vergangenheit stellt. Vor allem in den ersten Tagen nach dem Zwischenfall habe ich angesichts der Intensität meiner Betroffenheit die Idee gehabt, mit den anderen Mitgliedern ihres Stammes zu sprechen. Auch wenn sie mich nicht explizit für ihren Verlust verantwortlich machen können, würde es mich nicht wundern, wenn sie denken, dass ich dennoch eine Schuld daran trage. Sie waren nicht sehr offen für Kommunikation.

Ich konnte trotzdem erfahren, dass das letzte Wort, das sie vor ihrem Sturz sagte, »Hoffnung« war. Hoffnung … Sie hörte, was ich hinter ihr her schrie, und falls das eine Antwort auf meine Frage war, was sie noch wollte, dann ist es doch eine eher verwirrende. Könnte denn Hoffnung von lebenswichtiger Notwendigkeit sein? In der Vollendung? Was für einen Nutzen hat Motivation für den Prozess, wenn das Ziel so leicht erreichbar ist? Wer zieht denn schon den

Hoffnungsprozess vor, statt die Tatsache zu genießen, dass das Erhoffte schon zustande gekommen ist? Ist denn alles, was erreicht werden kann, verdorben, wenn es in Abwesenheit von Hoffnung geschieht? Verstehe ich das Wort etwa falsch? All dies sind natürlich Fragen, die ich mir auch vorher gestellt habe.

Jetzt warte ich in der Einheit zur Erkennung und Archivierung emotionaler Verhaltensweisen auf meinen Termin mit dem System. Meine Wartenummer lautet 4211706798.

Özgür Hünel

(Heilige) Bestseller

Eine unbekannte Zeit, auf einem unbekannten Planeten

Ein einheimisches Kind liest aus dem heiligen Buch *Das Licht der 77:*

> *… Glaube nicht, diese Götter seien gut,*
> *Sie waren eher Teufel als Gott …*

Vor 4000 Jahren, das All unter der Herrschaft der Menschheit

Die Reise der hübschen jungen Frau in ihren Zwanzigern zur Raumstation Walhalla im Sektor thx-1138 war abgeschlossen. Sie wurde am Eingang von einer Frau mittleren Alters, vermutlich ihre neue Vorgesetzte, und einem Androiden empfangen.

»Willkommen auf Walhalla« sagte die Frau auf eine sowohl nette wie auch strenge Art. »Mein Alias ist Hera und ich bin deine neue Vorgesetzte.«

Während sie Heras ausgestreckte Hand schüttelte, antwortete sie: »Sehr erfreut, mein Name ist …«

»O nein, nein!« wurde sie prompt unterbrochen. »Wir verwenden hier nur unsere Aliasse, bitte vergiss das nie. Ich vermute, du hast während deiner Abschlussfeier von der Akademie Genesis einen bekommen?«

»Ich bin nur sehr aufgeregt. Selbstverständlich. Mein Alias ist Juno.«

»Freut mich ebenfalls, Juno« sagte Hera, mit einem leichten Lächeln, und stellte danach den Androiden vor: »Dieser gut aussehende Schrotthaufen hier ist Judas. Sein Design mag etwas grob erscheinen, aber er funktioniert gut«, sagte Hera. »Manchmal, so wie jetzt gerade, scheint er den Kopf in den Wolken zu haben; in Wahrheit aber scannt er seine Datenbank nach den zentralen Begriffen der Konversation, die er gerade mitbekommt. Das ist eine Besonderheit dieses Modells. Es ermöglicht ihm, sich besser auf die bevorstehende Aufgabe zu konzentrieren.« Danach knallte sie dem Androiden eine Faust auf seinen metallischen Kopf, als wollte sie ihn aufwecken.

»Schön dich kennenzulernen, Judas!«, sagte Juno. Anders als Hera hatte sie ein herzliches Lächeln, das noch nicht durch Disziplin verdorben war und das sie nicht mal einem Androiden vorenthielt.

»Vorstellung: Ich bin auch erfreut, Sie kennenzulernen«, sagte der Android mit einer mechanischen und knisternden Stimme. »Information: Ich bin Ihnen für die Dauer Ihrer Schicht auf Walhalla und Ihrer Außeneinsätze zugewiesen worden.«

»Bist du ein altes Modell?«, fragte Juno kichernd. »Warum erklärst du deine Absicht vor deinen Sätzen?«

»Antwort: Im Gegenteil – ich bin das jüngste Modell meiner Serie. Seitdem die künstliche Intelligenz – bitte nehmen Sie mir die Aussage nicht übel – die menschliche Intelligenz überholt hat, gibt es Probleme in Mensch-Cyborg-Beziehungen.

Erläuterung: Die Menschen waren sich meistens nicht sicher, wann Roboter scherzen und wann sie ernst sind. Manche dachten sogar, dass sie mit einem Spaß beleidigt wurden. Als sich die Beschwerden häuften, wurde unser Sprachsystem auf diese Art aktualisiert, um mögliche Kommunikationsfehler zu minimieren.«

Juno schaute den Android mit nachdenklichen Augen an. *Das nenne ich ein ›Downgrade‹ im wahrsten Sinne des Wortes. Ich bin mir nur nicht sicher, ob für die Androiden oder für die Menschen.*

Nach der Vorstellungsrunde führten Hera und Judas Juno in Walhalla herum. Als sie durch die endlosen Gänge und Räume der Anlage gingen, sah Juno zum ersten Mal ihre Kollegen, mit denen sie womöglich den Rest ihres Arbeitslebens verbringen würde.

Obwohl sie sie freundlich anlächelte, wandten sich die Blicke von ihr ab und der Empfang war eher frostig. Das unhöfliche Verhalten der Dutzenden von Mitarbeitern überraschte und enttäuschte Juno.

Das schien Hera nicht entgangen zu sein. Sie erklärte: »Sie nehmen niemanden an, der noch nicht seine erste Mission erfolgreich abgeschlossen hat. Das ist eine Art Tradition des Personals hier.«

»Sarkasmus: Und dann sind es die Roboter, die den Ruf haben, emotionslos zu sein …«

Juno hatte sich entschieden, dass sie Judas definitiv mehr mochte als Hera.

Am Ende des Rundgangs zeigte Hera einen Stehtisch voller Datenbearbeitungsausrüstung und sagte: »Das hier ist dein Arbeitsplatz.« Danach gab sie Juno ein Zeichen, sich hinzusetzen.

Nachdem die Schlagworte »Walhalla«, »Akademie + Genesis« und »Erste + Mission« aktiviert worden waren, ergriff

Judas am Ende der Führung die Gelegenheit, um seinen Datenscan zu starten. Stichproben von Millionen von Einträgen erschienen in chronologischer Reihenfolge:

Aus Judas' Datenbank:

- *Nachdem die Erde für menschliches Leben nicht mehr geeignet war, zog der Mensch in Kolonien auf andere Planeten und Raumstationen um.*
- *Die Menschen gründeten ein System basierend auf Ausbeutung. In diesem System wurden die Planeten, die in ihren Herrschaftsgebieten des Weltraums entdeckt wurden, als Ressourcen und die auf diesen Planeten lebenden primitiven Spezies als Arbeitskräfte eingesetzt.*
- *Es gibt unzählige Koloniewelten, aber die Bewohner dieser Welten wissen nichts voneinander. Sie wissen nicht, dass sie Teil eines Imperiums sind. Ihr einziger Kontakt nach außen ist der Kontakt mit den Menschen, die sie als Götter ansehen. Deswegen bezeichnen Menschen ihren Staat als »das stille Imperium«.*
- *Um die intelligenten Lebensformen auf den kolonisierten Planeten weiterhin als Arbeitskräfte nutzen zu können und um mögliche Aufstände zu verhindern, muss die Entwicklung dieser Bevölkerungen gedämmt und auf primitiver Ebene gehalten werden.*
- *Der Mensch hat auf seiner alten Heimat Erde über Jahrtausende hinweg bittere Erfahrungen mit Religionen gemacht. Diese Erfahrungen und sein Wissen über Religion benutzt er nun, um dieses primitive Niveau zu sichern.*
- *Auf einer Schule namens »Akademie Genesis« werden Menschen für diese Arbeit ausgebildet. Die Absolventen erhalten den Titel »Kosmogonist« und bekommen einen religiösen oder mythologischen Alias. Die Kosmogonisten schaffen für jeden Planeten in dem ihnen zugewiesenen Sektor eine separate*

Religion. Aus diesem Grund nennt man sie umgangssprachlich auch »Schriftenschreiber«.

- *Der Prozess der Implantierung der geschaffenen Religion in der lokalen Bevölkerung durch Menschen in der Rolle von Propheten oder Göttern wird als »Aussaat« bezeichnet. Das Verfahren für Kosmogonisten, die ihren ersten »Test« nach der Zuweisung zu ihrem Posten nicht bestehen …*

Die Datenanalyse wurde auf unerwartete Weise gestoppt.

Diesmal war es Juno, die ihm auf dem Kopf schlug und ihn »aufweckte«. Die zwei Frauen sprachen weiter.

»Ich habe mir deine Akte angesehen«, fuhr Hera fort, »und sie ist ziemlich beeindruckend. Neben den klassischen Methoden, die auf religiösen und mythologischen Quellen beruhen, hast du auch belletristische Werke aus der Erdenzeit verwendet. Du hast deine Bewunderung für antike Comics, Fantasy und Science Fiction in deine Abschlussarbeit integriert.«

»Ja«, stimmte Juno zu.

»Die Arbeit habe ich gelesen und die Religion, die du aus einer Mischung von Tolkiens *Silmarillion*, Lucas' *Star Wars* und Martins *Das Lied von Eis und Feuer* geschaffen hast, hat in der Simulation 77 Prozent erreicht. Das ist ein äußerst hoher Satz.«

»Danke sehr. Ich dachte, dass antike menschliche Fiktion mindestens genauso nützlich ist wie klassische Methodik, und wollte das in meiner Doktorarbeit beweisen.«

»Du bist offensichtlich ein besonderer Kosmogonist. Und eine besondere Person sollte eine besondere Aufgabe bekommen.«

Hera drückte einen Knopf auf einem der Geräte auf dem Tisch und ein planetarisches Hologramm kam hervor.

»Das ist Kriterion, ein problematischer Planet. Prometheus,

der erste Kosmogonist, der dorthin geschickt wurde, ist dort gestorben.«

Das Hologramm des Planeten wurde abgelöst vom Gesicht eines Mannes in seinen Dreißigern: Prometheus. Darunter leuchtete die Schrift: »Todesursache: Unbekannt.«

Hera fuhr fort: »Kein Kosmogonist, der nach dem Verschwinden von Prometheus versandt wurde, hat es geschafft, diesen Planeten zu kultivieren. Aus welchem Grund auch immer kann hier keine Religion Fuß fassen. Deine Aufgabe ist es, das Spielfeld zu betreten, nachzuforschen und den Grund dafür herauszufinden. Und natürlich auch die Aussaat zu vollenden.«

Jetzt zeigte das Hologramm eine Karte einer bestimmten Region auf Kriterion. Hera zeigte mit dem Finger auf ein Waldgebiet und sagte: »Nach Prometheus' Tod wurden genau hier ungewöhnliche Aktivitäten der einheimischen Spezies festgestellt, die Messwerte liegen dir vor.«

»Dann ist das ein guter Startpunkt«, sagte Juno.

»Genau«, bestätigte Hera. »Nimm dir für deine Recherchen so viel Zeit wie nötig. Wenn du fertig bist, wird das Shuttle, das dich und Judas nach Kriterion bringen wird, im Hangar auf euch warten.«

Anschließend verließ Hera Juno und Judas.

Juno hatte gemeinsam mit Judas und mit Hilfe der Datenverarbeitungsgeräte auf dem Tisch begonnen, die Eigenschaften von Kriterion und seinen Bewohnern sowie die gescheiterten vergangenen Aussaatversuche eingehend zu untersuchen. Es interessierte sie am meisten, was mit Prometheus geschehen war.

Die Vorbereitung der Theorie dauerte mehrere Tage. Selbst als Juno sich nach Feierabend in ihr Zimmer zurückzog, schlief sie nur wenig und grübelte über das Geheimnis von Kriterion nach.

In ihrem Kopf skizzierte sie bereits die Religion, die sie erschaffen würde, nachdem sie das Problem auf dem Planeten gelöst hatte. Dafür wollte sie eine Kombination aus einem antiken Roman, den sie sehr mochte, und einem antiken Videospiel verwenden.

An dem Tag, an dem sie beschloss, dass sie bereit war, ging Juno mit Judas in den Hangar und anschließend an Bord des ihr zur Verfügung gestellten Shuttles. Es entging ihr nicht, dass Judas sich beim Eintreten in das Shuttle ein Gewehr über die Schulter hängte.

»Antwort: Standardprozedur für Außeneinsätze«, erklärte Judas, »von einheimischen Spezies kann manchmal Gefahr ausgehen. Sarkasmus: Natürlich können sie in der Hinsicht dem Menschen nicht das Wasser reichen.«

Judas saß auf dem Pilotensitz, Juno im Cockpit neben ihm. Die mehrstündige Shuttle-Reise von Walhalla nach Kriterion hatte begonnen. Juno wollte während der Reise etwas die Zeit totschlagen und mit ihrem Zwangspartner Judas plaudern. Kurz vor der Ankunft befragte sie ihn über Dinge, die sie wirklich beschäftigten: »Hast du auch mit Prometheus und den Kosmogonisten nach ihm gearbeitet? Prometheus soll ja tot sein, aber wo sind die anderen?«

»Verneinung: Ich befürchte, ich kann diese Fragen erst beantworten, wenn Ihr Auftrag auf Kriterion beendet ist.«

Hmm, interessant … Datenschutz. Vielleicht sollte ich meine nächsten Fragen indirekt stellen.

»Das Gewehr an deiner Schulter … Hast du es schon mal während früherer Einsätze benutzen müssen?«

»Antwort: Nach meinen Aufzeichnungen habe ich es 76-mal abgefeuert.«

Juno war entsetzt.

»Waren das alles Einheimische?«

»Erläuterung: Um genau zu sein …«

Sobald sie in die Atmosphäre des Planeten eingetreten waren, stoppten die Triebwerke des Shuttles abrupt. Alles in Junos vor Angst erstarrtem Kopf wurde weggeblasen. Wenn auch holprig, gelang es Judas dennoch nahe der vorgesehenen Stelle zu landen. Danach mussten sie zunächst etwas im Shuttle bleiben, damit Juno sich wieder beruhigen konnte. Judas nutzte die Zeit, um das Problem mit dem Shuttle zu beheben, und nachdem er fertig war, packten sie die notwendige Ausrüstung für die Erkundung zusammen und machten sich auf den Weg in das auf der Karte eingezeichnete Waldgebiet.

Je tiefer sie in den Wald gingen, umso stärker empfand Juno ein Gefühl der Vertrautheit. Die Vegetation, die Stärke der Schwerkraft, die Atmosphäre, die Farben der Natur … Sie waren auch schon der einheimischen Spezies begegnet. In den Tiefen des Waldes wurden sie aus den Bäumen heraus durch neugierige Augen beobachtet. Juno war besonders beeindruckt von den Augen eines Kindes, das sie mit einer Mischung aus Angst und Wissbegierde anschaute. Je weiter sie kamen, desto mehr von ihnen trafen sie an. Schließlich erkannte sie den Grund für diese Vertrautheit: Der Planet ähnelte der bewohnbaren Phase der Erde und die einheimische Spezies ähnelte dem Menschen in einem früheren Evolutionsstadium – haarig, klein und beweglich. Sie trugen einfache Kleidung und ihre Gesichter waren in unterschiedlichen Farben bemalt.

Die Wanderung dauerte mehrere Stunden, und als sie endlich den Zielpunkt auf der Karte erreichten, fanden sie eine riesige Steinstruktur vor. Juno vermutete, dass es sich um einen Tempel handelte; sie hatte darüber gelesen. Hunderte der einheimischen Spezies empfingen sie am Tempeleingang und auf der Treppe. Sie gaben einfache Laute von sich und sprachen untereinander in einer Sprache, die Juno nicht verstand.

»Dieser Tempel ist die Quelle der ungewöhnlichen Aktivität«, sagte Juno. »Aus irgendeinem Grund versammeln sich die Einheimischen neuerdings hier.«

Juno und Judas stiegen die Treppen des Tempels hinauf und gelangten in einen großen Innenhof.

Sie sahen eine Gestalt auf einem wie ein Thron geformten Felsen sitzen, umgeben von Dutzenden von Einheimischen. Er war zu groß, um einer von ihnen zu sein. Als sie näher kamen, erkannten sie, dass es ein Mensch war.

Juno erkannte das Gesicht sofort, denn es verfolgte sie seitdem sie es im Hologramm gesehen hatte.

»Prometheus!«, rief sie verwirrt.

Judas reagierte überhaupt nicht. Prometheus auch nicht …

»Du bist Prometheus!«, fuhr Juno erstaunt fort, »Aber sie sagten, du wärst tot. Was tust du hier?«

Prometheus war gekleidet und bemalt wie ein Einheimischer. Die Ähnlichkeit ging über das Optische hinaus, er sprach auch ihre Sprache. Er sagte etwas zu der Menge, woraufhin die Eingeborenen den Ort verließen und die beiden Menschen und den Androiden allein im Hof zurückließen.

»Du musst die neue Kosmogonistin sein«, sagte Prometheus, jetzt in menschlicher Sprache. »Ich habe es satt, es ständig zu wiederholen, aber ihr werdet hier keinen Erfolg haben. Ihr könnt ihnen nicht schaden«, sagte er und zeigte auf die Eingeborenen.

»Wovon redest du?«, fragte Juno.

»Irgendetwas ist anders an dir …« sagte Prometheus, nachdem er Juno eine Zeit lang in die Augen geschaut hatte. »Da ist Aufrichtigkeit in deiner Stimme, vielleicht bist du ja doch nicht wie die anderen und kannst es verstehen.«

Prometheus sah in die Ferne und überlegte. Dann sprach er weiter:

»Du weißt bereits, ich war ein Kosmogonist wie du. Ich wurde nach mehreren erfolgreichen Aussaaten hierhingesandt, aber etwas an diesem Ort war anders und hat mich mehr und mehr beeindruckt. Die Ähnlichkeit dieses Ortes zu unserer Heimat … Und die Ähnlichkeit der hiesigen Spezies … zu uns. Zum alten Wir. Als wir Kinder waren. Und als ich in die Augen ihrer Kinder sah, fand ich es immer unerträglicher, ihnen Sophistereien zu erzählen, ihnen falsche Wunder mit unserer Technologie vorzuführen, Gott zu spielen. Letztendlich wurde mir klar, dass ich das nicht mehr mit gutem Gewissen machen konnte.«

Verwundert hörte Juno zu, aber Judas reagierte überhaupt nicht. Eigentlich hatte es bisher viele Gelegenheiten für ihn gegeben, seinen berühmt-berüchtigten Sarkasmus einzubringen. Prometheus fuhr fort:

»Es gab zwei Wege, um unsere jahrtausendelangen schlechten Erfahrungen mit Religion hier in die Praxis umzusetzen: Entweder würden wir die neu angetroffenen Spezies auf den Pfad der Erleuchtung führen oder wir würden diese Erfahrung missbrauchen und sie versklaven. Die gesamte Menschheit mag sich für die letztere Option entschieden haben, aber nicht ich.«

Er schaute Juno in die Augen.

»Sag mir – wofür entscheidest du dich?«

Juno konnte eine gefühlte Ewigkeit lang nicht antworten. Obwohl es gegen jede Wertvorstellung war, die sie durch ihre Erziehung und Bildung erhalten hatte, wusste sie tief in ihrem Herzen, Prometheus hatte recht. Die grausame Seite dieser Prozedur, welche die Menschheit auf zahllosen Welten durchführte, lag schon immer auf der Hand, aber es brauchte eben Prometheus, um den Funken in Juno anzuzünden, um sie sehen zu lassen. Dieser Funke verwandelte sich bald in ein Feuer, denn es waren nicht die von Hera aufgezählten

Fähigkeiten, die Juno ausmachten, sondern die Liebe in ihrem Herzen, die Prometheus erkannte.

Prometheus fuhr fort: »Schließ dich mir an. Lass uns gemeinsam unseren Humanismus taufen, angefangen hier mit dieser Welt. Lass uns ihnen die Falschheit der Menschen vor Augen führen. Lass uns sie auf den Weg der Kunst, der Wissenschaft, der Vernunft und der Logik führen! Lass uns die Aufklärung beginnen, die sich von hier aus im ganzen Universum ausbreiten wird!«

Juno erinnerte sich an den Blick in den Augen des Jungen im Wald. Sie konnte die Intensität ihrer Gefühle nicht mehr unterdrücken. Sie umarmte Prometheus und begann zu schluchzen.

»Du hast mich noch am Anfang des Albtraums aufgeweckt, ich verdanke dir mein Leben«, sagte sie und fügte mit zittriger, aber entschlossener Stimme hinzu: »Ich bin an deiner Seite!«

»Also fein, Judas, ich denke du hast genug gehört«, sagte Prometheus mit einem angewiderten Gesichtsausdruck.

Bevor Juno begriff, was geschah, wurde sie von Prometheus geschubst, stolperte über einen Stein am Boden und landete auf ihrem Hintern.

»Was zum Teufel?!«, wollte sie protestieren, als die Stimme des Androiden sie stoppte: »Bestätigung: Ich habe mehr als genug gehört, wenn Sie mich fragen.«

Der Android richtete sein Gewehr auf Junos Stirn.

»Abschied …« Er begann seinen Satz mit der Absichtserklärung, das Gewehr aber beendete ihn:

BÄNG!

Judas und Prometheus standen über Juno, die tot auf dem Boden lag.

»Meinung: Schade, sie war intelligenter als ihre Vorgänger. Sorge: Um Ihre Fragerei zu unterbrechen, musste ich beim Eintritt in die Atmosphäre die Triebwerke des Shuttles abschalten.«

»Kontaktiere Walhalla«, befahl Prometheus, den Androiden ignorierend, »Sag ihnen, die Kandidatin ist gescheitert. Sie sollen Nummer 78 schicken.«

4000 Jahre später
Ein unbekannter Planet

Der Junge las weiter in *Das Licht der 77:*

»… Es gab unter ihnen
auch Gute.
Aber auch diese Güte,
stammte von Dämonen.
77-mal, sie starben nacheinander.
Ihr Tod war der Funken,
der unseren Weg erleuchten sollte.
Dem ganzen Universum gaben sie ihr Licht weiter.
…«

Funda Özlem Şeran

Über den Wolken

I

Nach einer Nacht voller Albträume öffnete Mavi Bayraktar seine Augen und fand sich an einem makellosen Morgen in seinem glücklichen Zuhause und in seinem perfekten Leben wieder.

Sein Ein und Alles, seine Seelenverwandte, seine Ehefrau lag neben ihm, und seine Kinder, von denen der eine klüger, der andere artiger war als der andere, waren in ihren Zimmern. Alle wachten mit dem Alarm auf, alle bereiteten sich allein vor und alle trafen sich am Frühstückstisch wieder.

Die Gesprächsrunde war ruhig, das Mahl äußerst nahrhaft. Die abwesende Art von Herrn Bayraktar Mavi war seiner Frau jedoch nicht entgangen.

»Geht es dir nicht gut, Schatz?«

Mavi blinzelte schnell wie ein neu eingeschalteter Fernseher. Seine Augen waren gar nicht so blau wie sein Name*. »Doch … Aber klar …«

»Nicht schon wieder ein Albtraum, oder?«

---

* Auf Türkisch bedeutet ›mavi‹ blau (A. d. Ü.)

Die Sendung wurde für einen Moment unterbrochen und Herrn Bayraktar Mavi erstarrte, danach lächelte er. »Nein, Liebes, ich habe wohl einfach nicht gut geschlafen.«

Das Lächeln seiner Frau war genauso gekünstelt wie das seine, als hätten sie es gemeinsam geprobt. Beide schenkten dieser Tatsache in jenem Moment aber keine Aufmerksamkeit.

Sie brachten die Kinder zum Schulbus und gingen danach in entgegengesetzte Richtungen fort. Beide gingen zu Fuß zur Arbeit, denn ein bisschen Bewegung, vor allem am Morgen, tat der Kondition gut.

Mavi Bayraktar fühlte sich aber gar nicht gut. Zuvor hatte er gedacht, dass er sich dieses Gefühl vom Leib laufen konnte, dass es sich normalisierte. Er hatte alles getan, damit es sich normalisierte. Warum aber fühlte er sich dann immer noch so?

Er passte ziemlich gut auf sich auf. Er trug seine Frau auf Händen. Er hätschelte und tätschelte seine Kinder. Er hatte einen guten, gesellschaftlich dienlichen Arbeitsplatz. Alles in seinem Leben war konsequent und kohärent.

Was also war das Problem? Warum war er so zerstreut? Was war der Grund dieser seltsamen Albträume? Warum fanden sie kein Ende?

Abrupt blieb Mavi Bayraktar mitten auf der Straße stehen. Er blieb noch rechtzeitig stehen, ehe ihn das Firmen-Servicefahrzeug hätte erwischen können. Trotzdem verursachte dieser unerwartete Zwischenfall ein kleines Chaos. Mehrere Fahrzeuge stauten sich auf und die Leute starrten ihn an wie einen Fremdkörper.

Dabei fühlte sich Herr Bayraktar Mavi zum ersten Mal seit sehr langer Zeit nicht wie ein Fremdkörper, weil er endlich genau wusste, was zu tun war. Er wunderte sich, warum er nicht vorher daran gedacht hatte. Vielleicht weil es noch nie zuvor getan worden war.

Mavi drehte seine Füße in die umgekehrte Richtung und beschleunigte seine entschlossenen Schritte, die sich der Menschenmenge anpassten.

Nach einer halben Stunde zu Fuß erreichte er die Brücke. Die Fahrzeuge bewegten sich im gewohnten Rhythmus in beide Richtungen. Es gab keine anderen Fußgänger mehr, da diese Stelle schwer zu Fuß zu erreichen war. Es war ohnehin nicht Mavis Absicht, einen Spaziergang zu machen.

Er blieb mitten auf der Brücke stehen. Vor ihm bot der Bosporus seinen einzigartigen Anblick. Über ihm eine klare Sonne, ringsherum kleine glückliche Wolken; alles war perfekt.

Vielleicht ein bisschen zu perfekt. Deshalb konnte es natürlich sein, dass niemand vorher auf die Idee kam, das zu tun, was er jetzt tun würde.

Mavi Bayraktar hielt sich am Brückengeländer fest und schwang vorsichtig ein Bein nach dem anderen über das Eisen auf die andere Seite. Er trat auf den Sicherheitsdraht, und ohne zu warten ließ er sich fallen.

Das Wasser unter ihm war strahlend blau und die Wolken über ihm bewegungslos.

II

»*... Während noch keine endgültigen Angaben zu dem Asteroiden gemacht werden können, der sich der Erde nähert, betonen Experten, dass es keinen Grund zur Sorge gibt und die nötigen Maßnahmen getroffen werden. Bei seiner aktuellen Geschwindigkeit würde das Objekt innerhalb von ein paar Tagen in die Erdatmosphäre eintreten ... Es ist 6:30 Uhr ... Und nun zum Wetter ... Ist ...*«

Er wartete nicht bis zum Ende und schaltete das Radio aus. Er hörte sowieso nicht zu und ließ es nur laufen, damit in seiner leeren Wohnung eine Stimme zu hören war. Eine andere Stimme als die in seinem Kopf …

Danach ging er in die Küche und nahm die zweite Pille an diesem Morgen. Die erste hatte er genommen, als er in der Nacht von seinem Albtraum geweckt worden war, und anscheinend wirkte sie tatsächlich. Zumindest waren die blutigen Bilder verschwunden, die jedes Mal erschienen, wenn er seine Augen schloss. Auch die Stimmen würden verschwinden. Das taten sie immer.

Nach ein paar leichten morgendlichen Übungen duschte er. Dank der Vorteile des Alleinlebens konnte er sein nahrhaftes Frühstück nackt vorbereiten. Er mochte solch kleine Eskapaden, wenn niemand da war. Wenn es nur nicht dieses seltsame Gefühl gäbe, als beobachtete ihn jemand. Er spürte eine Kälte in seinem Nacken, an den Wurzeln seiner Haare, und das irritierte ihn. Wann immer er dieses Gefühl hatte, wurde es begleitet vom Bedürfnis, irgendetwas Unsinniges zu tun. Kleinigkeiten eben, wie etwa die Schranktüren offen zu lassen oder farbige und weiße Wäsche gemeinsam zu waschen. Aber diese Kleinigkeiten gaben ihm das Gefühl, sein unsichtbares Publikum herauszufordern. Er glaubte, er würde sich so behaupten, seine Unabhängigkeit deklarieren.

Heute nahm er eines der Gläser, die nebeneinander aufgereiht auf der Theke standen, und zog es nach vorn, um die Ordnung zu zerstören. Er hatte es nicht lassen können zu spülen und das Gespülte wegzuräumen oder sich ordentlich anzuziehen, aber diese kleine Sache war ausreichend. Letztendlich war er ein Inspektor, und er konnte sich nicht noch mehr Unordnung erlauben. Eigentlich hatte er ein schlechtes Gewissen bezüglich dieser sinnlosen Eskapaden, aber gleichzeitig wollte er es umso mehr machen, je schlechter er sich fühlte. Das war das eigentliche Rätsel, und leider gab es dagegen keine Medizin.

Im Grunde genommen war er als Inspektor entbehrlich. Nach dem Großen Kataklysmus und der darauffolgenden Finsteren Ära hatte die Menschheit ihre Lektion gelernt. In der neuen Ordnung gab es keinen Platz für »Unordnung«. Missverhältnisse, Ungerechtigkeit, Gewalt, Verbrechen, Krieg, Krankheit, Hungersnot – also alles, was zum Kataklysmus geführt hatte, war in der Finsternis geblieben. Die Menschen hatten das alles vergessen, konnten aber mit den gewonnenen Erkenntnissen ein neues Leben aufbauen. Ja, ihr Leben war vielleicht nicht so fortgeschritten oder progressiv wie vor dem Kataklysmus, aber zumindest waren sie »zivilisiert«. Die Finsternis war schon einige Zeit her, sie hatten gelernt, in Frieden zu leben. Individuen handelten fast immer im Rahmen von Logik und gesundem Menschenverstand, infolgedessen funktionierte die Gesellschaft.

In einer Ordnung wie der ihren sind die Menschen ihre eigenen Inspektoren – trotzdem musste es gegen eventuelle kleine Unfälle oder Missgeschicke eine Art Kontrollmechanismus geben, damit die Bürger ihr Leben weiterführen konnten, ohne Zeit und Energie zu verschwenden. Die Arbeit der Inspektoren bestand hauptsächlich darin, dafür zu sorgen, dass alles so schnell wie möglich wieder zur Normalität zurückkehrte. Deshalb konnte man nicht sagen, dass es viel Arbeit war, aber die Verantwortung war groß. Das Warum, Wo, Wie und Wer eines unvorhersehbaren Unfalls sowie seine gesellschaftlichen Folgen wurden im Detail untersucht und in einem Bericht zusammengetragen. Genauso wie das Objekt, das sich der Erde näherte, untersucht wurde …

Bei seinem heutigen Auftrag aber ging es nicht um den Asteroiden, der auf die Erde stürzen würde, sondern um den Mann, der sich ins Meer gestürzt hatte. Er sollte im Fall Mavi Bayraktar ermitteln, der von der 5. Bosporus-Brücke stürzte und sein Leben verlor. Es wurde von einem

Unfall ausgegangen, aber es mussten die erforderlichen Vorkehrungen getroffen werden, um die Wiederholung eines solchen Falls zu verhindern. Auf der Brücke wurde der Fußgängerverkehr vorübergehend gesperrt und vielleicht mussten individuelle Übergänge gänzlich verboten werden. Während der Fahrzeugverkehr regulär weiterfloss, unterhielten sich die Beamten, die die Fußgängerzone abriegelten.

»Mahlzeit!« Er unterbrach das Gespräch der beiden Männer und zog seinen Ausweis aus der Tasche. Inspektor Engin Kurt war jetzt am Tatort, alles würde wieder normal werden. Auch die beiden Beamten schienen erleichtert, sie halfen, so gut sie konnten.

Mavi Bayraktar war, wie alle anderen auch, ein der Gesellschaft dienlicher Bürger, ein beliebtes und in seinem Umfeld respektiertes Individuum. Verheiratet, Vater von zwei Kindern, Zahnarzt. Am gestrigen Morgen hatte er sein Haus verlassen, war aber an seinem Arbeitsplatz nie angekommen. Der letzte Ort, an dem er gesehen wurde, war diese Brücke. Die Menschen in den Fahrzeugen hatten gesehen, dass er hinuntergefallen war, und heute Morgen wurde sein lebloser Körper an das Ufer gespült. Es war nicht bekannt, warum er sich auf der Brücke befunden hatte, warum er zu Fuß unterwegs gewesen war und wie er trotz Sicherheitsgeländer hinunterfallen konnte. Das war der Punkt, an dem Inspektor Engin Kurt ins Spiel kam.

Er berechnete und untersuchte alles, von der Windgeschwindigkeit auf der Brücke am Morgen des Geschehens, der eventuellen Glätte des Bodens, den vorbeifahrenden Fahrzeugen bis zum Sicherheitsdraht am Geländer – alles bis ins kleinste Detail. Es gab keine auffindbaren Ursachen, die den Sturz des Mannes hätten verursachen können. Er schaute sich die Gesundheitsakte von Bayraktar an. Der Gesundheitszustand des Zahnarztes war gut, es gab also keine Krankheit, die eventuell einen Schwächeanfall verursacht hatte. Wenn er krank wäre, hätte er ohnehin von sich aus Vorsichtsmaßnahmen getroffen. Jeder mit ein bisschen Verstand hätte das getan.

»Könnte es jemand anderes sein … Sie wissen schon …« Der Beamte neben ihm war sichtlich zurückhaltend. »… der ihn geschubst hat?«

Vor einer solch unerhörten Annahme zuckte sowohl der andere Beamte als auch Engin zusammen. Ja, es gab Schandflecken in der Geschichte der Menschheit. Ihre Vorfahren hatten in der Vergangenheit barbarisch und in Elend gelebt und waren auch so gestorben. Jetzt aber war alles anders.

In der neuen Ordnung waren alle gleich: Die Gesetze waren für das Wohl aller und galten auch für alle. Alles, was früher zu Krieg und Zerstörung geführt hatte, war jetzt beseitigt. Religion, Sprache, Herkunfts- oder Geschlechterunterschiede waren nicht mehr Grund für Diskriminierung oder Privilegierung; ökonomische oder soziale Klassen waren obsolet. Materielle Ressourcen wurden gleich verteilt. Jedes Individuum war für seine eigene spirituelle Befriedigung verantwortlich und traf seine Entscheidungen gemäß einer gewissen Logik, die sowohl das individuelle als auch das gesellschaftliche Wohlsein berücksichtigte. Niemand mischte sich in die Angelegenheiten anderer ein. In ganz seltenen Fällen eines Konflikts wurde dieser unter Aufsicht von Schiedsrichtern nach dem Prinzip des Menschenverstands gelöst.

Was für Konflikte, bitte schön, konnte es unter diesen Umständen noch geben?

»Vielleicht hat ihn jemand aus Versehen gestoßen?«, vermutete der zweite Beamte. Aber auch diese Option hatte der Inspektor eliminiert; Augenzeugen hatten niemanden in Herrn Bayraktar Mavis Nähe erwähnt. Trotzdem durfte er nichts übersehen. Er bat die Beamten um die Erstellung aller schriftlichen Zeugenberichte. Er selbst würde mit dem Pathologen reden, der den Körper untersucht hatte.

Er würde alles tun, damit sich ein solcher Fall nicht wiederholte.

III

Mavi Bayraktars Ehefrau Rana Bayraktar war Vermessungsingenieurin. Weil sie am Tag des Todes ihres Mannes bei der Registrierung neu entdeckter Orte ins System half, wurde sie sehr spät benachrichtigt. Dies änderte aber natürlich nichts. Die Frau mittleren Alters hatte weder damals noch jetzt eine einzige Träne vergossen. Nun saß sie Inspektor Engin ganz ruhig und besonnen gegenüber. Natürlich war das normal, immerhin ging das Leben weiter.

»Haben Sie an dem Tag oder davor etwas Ungewöhnliches bei Ihrem Mann beobachtet?«

»Nein ...« sagte Rana und zögerte dann aber einen Moment. »Mavi war ein idealer Ehemann und ein sehr guter Vater. Wir führten ein geregeltes, normales Leben.«

»Ja klar, sicherlich ...«, versicherte der Inspektor, da das Gegenteil sowieso nicht denkbar war. Mit einem Auge beobachtete er die zwei Kinder, die am Tisch ihre Hausaufgaben machten.

Ihre Mutter hatte sie eingeweiht. Es wäre Unsinn, nur weil sie jung sind, die Realität vor ihnen zu verbergen. Sie hatten die Abwesenheit ihres Vaters mit Verständnis akzeptiert, und nachdem sie von ihrer Mutter Auskunft über ihr künftiges Leben bekommen hatten, versenkten sie sich zurück in Schularbeit. Wie normale Kinder ...

»Und sein Gesundheitszustand? Auf dem Totenschein und in seiner Akte deutet nichts auf eine Anomalie hin, aber ich muss Sie der Form halber trotzdem fragen. Hatte Ihr Ehemann eine Krankheit, die seinen Sturz hätte verursachen können?«

»Nein, wenn er krank gewesen wäre, hätte ich das bestimmt gewusst und er hätte sich sicherlich behandeln lassen. Das alles … Das alles hier ergibt keinen Sinn.«

Engin Kurt sah das genauso. Bisher fand er keinerlei plausible Erklärung warum der Mann die Brücke hinunterfallen hatte können. Wie er auf die Brücke gestiegen war, wie er das Geländer passiert und den Sicherheitsdraht überquert hatte – nichts von all dem ergab auch nur ein bisschen Sinn. Es musste doch irgendwo einen Knackpunkt geben, aber … Inspektor Engin wusste, er musste diesen finden.

Er bat die Frau um Erlaubnis, das Haus und die Gegenstände ihres Mannes zu untersuchen. Rana hatte keine Einwände; während der Inspektor sich umsah, ging sie in die Küche, um das Essen für die Kinder vorzubereiten.

Das Haus war ein normales Eigenheim. Der einzige Unterschied zu seinem Haus war die Anzahl der Zimmer. Jedes Individuum hatte einen privaten Raum und eigene private Sachen; aber diese unterschieden sich selten. Körperpflegeprodukte, Bekleidung und Schul- oder Arbeitsbedarf, der je nach Bewohner des Zimmers variierte. Alles war sauber und ordentlich. Der einzige Unterschied zu Engins Haus war der Küchenschrank, dessen Tür nicht offen stand, und die Gläser, die zu einer Reihe geordnet waren.

Als er aber das Schlafzimmer des Ehepaars erreichte, fand er etwas, womit er sich identifizieren konnte, obwohl er allein lebte.

Auf der Kommode auf der Seite der Frau lagen Arbeitsakten, teilweise durcheinander. Also hatte auch sie Momente, in denen sie sich gehen ließ, die Kontrolle verlor, besonders wenn es um die Arbeit ging.

Er beugte sich über den Papierhaufen und bemerkte, dass es sich um Skizzen von Landkarten handelte. Während des Kataklysmus waren große Landmassen auf der Erde zerstört worden, manche Teile waren unter Wasser gesunken und manche durch Erdbeben auseinandergerissen worden, um Platz für neue Inseln und Kontinente zu machen. Die alte Erde wurde begraben und hatte sich dann neu geformt. Jetzt, da die Menschheit eine neue Zivilisation gegründet hatte, versuchte sie auch, diese neue Welt kennenzulernen und zu entdecken.

Der Beruf von Rana Bayraktar war wichtig, aber Engin verstand schlichtweg nichts von den Begriffe und Zeichen auf den Dokumenten. Er wandte sich zur anderen Bettseite. Auf der Kommode standen nur ein Wecker und ein Glas Wasser. Das Wasser, das Herr Bayraktar an dem Morgen nicht getrunken hatte und nun niemals trinken würde.

Die Kommode hatte eine Schublade. Er öffnete sie und fand Benutzerhandbücher und Bedienungsanleitungen für Haushaltsgeräte.

Nachdem er etwas herumgewühlt hatte, sah er Medizinschachteln. In einer davon war ein fiebersenkendes Schmerzmittel und in einer anderen waren Augentropfen. Die fast leere Pillendose war Engin Kurt nur allzu bekannt. Es waren die gleichen Pillen, die er während der Nächte nicht enden wollender Albträume nahm.

Plötzlich klingelte das Festnetztelefon und er hörte vom Nebenraum Ranas Stimme, als sie den Anruf entgegennahm. Der regungslose Blick des Inspektors ruhte auf der Dose in seiner Hand. Als die Frau ins Zimmer kam und nach ihm rief, blinzelte er, als sei er gerade erwacht.

»Herr Kurt, es ist für Sie. Jemand von der Polizeizentrale, es sei wichtig …«

Er nickte unwillkürlich und trat aus dem Zimmer. Die Schublade der Kommode blieb offen, aber diesmal ungewollt.

Im Flur nahm er den Hörer, den Rana auf das Sideboard gelegt hatte, und hörte zu. Der Anrufer war einer der Beamten von der Brücke, derjenige, den er mit den Zeugenberichten beauftragt hatte.

»Chef, Sie müssen sofort herkommen. Eine Zeugin sah genau, was passiert ist ... Der Mann ist wohl runtergesprungen ... Also ... Von sich aus ... Extra ... Willentlich ...«

Als der Inspektor nicht antwortete, rief der Beamte wiederholt nach ihm. Engin Kurt musste sich zusammenreißen, um sprechen zu können. »Bist du sicher? Ich meine, ist sie sicher, dass sie das gesehen hat?«

»Ähm, wir haben auch noch Kameraaufnahmen, Chef. Die Zeugin hat zum Zeitpunkt der Tat Fotos gemacht. Genau den Moment konnte sie fotografieren.«

»Gut, ich komme«, sagte Engin mit einer ruhigen Stimme. Aber dass er die Tabletten noch in der Hand hatte und dass er am Ende des Gesprächs die kleine Dose umklammerte, war ihm nicht mehr bewusst.

IV

Da das Fahrzeug in Bewegung gewesen war, waren die Fotos verschwommen, aber man konnte Bild für Bild sehen, wie ein Mann auf der Brücke steht, das Geländer festhält, seine Beine schwingt und über den Sicherheitsdraht springt. Auf dem letzten Bild ist die Brücke leer. Mavi Bayraktar ist gesprungen.

Ein zwölfjähriges Kind, das auf einer Schulfahrt zur zweiten, gegenüberliegenden Seite des Bosporus war, hatte die Fotos gemacht. Es wollte von der Brücke aus die drei Kontinente auf einem Foto einfangen, aber der Mann auf der Brücke störte die Aussicht. Das Kind hatte sich gedacht, wenn es mehrmals hintereinander auf den Auslöser drückte, würde schon irgendein brauchbares Bild dabei herauskommen, und tat genau das. Erst als der Mann komplett aus dem Bild war, hatte es verstanden, was gerade passiert war, und hatte seinem Lehrer Bescheid gesagt.

Es gab keine anderen Zeugen, nur Leute, die Mavi Bayraktar auf der Brücke gesehen hatten, aber niemand konnte sagen, was genau geschehen war. Die Bilder erübrigten ohnehin jegliche Worte. Inspektor Engin Kurt hatte sich die halb verschwommenen Bilder mehrmals angeschaut und sogar den Apparat auf Defekte untersucht. Die Realität, die sein Dickschädel nicht akzeptieren wollte, lag ganz klar vor ihm. Mavi Bayraktar war absichtlich von der Brücke gesprungen und hatte sein eigenes Leben beendet.

Es war ausgeschlossen, dass er die Konsequenz seiner Handlung nicht gewusst haben konnte. Er war ein vernünftiges, logisch denkendes und rationales Individuum. Andererseits war es genau deshalb unerklärlich, dass er sich umgebracht hatte, »Suizid« begangen hatte. Warum sollte ein klar denkender, ordentlicher Bürger, der zufrieden mit seinem Leben war, sein Leben beenden wollen?

Engin hatte gehört, dass in alten Kulturen Selbstmorde vorkamen. Unzufriedenheit, Irrsinn, Schuldgefühle und dauerhafter Schmerz waren nur einige der Gründe. Sie waren aber nur eins der sinnlosen Übel, die mit der neuen Ordnung beendet wurden. Jedes Leben war wichtig, jeder Mensch hatte sich und seiner Umgebung gegenüber Verantwortungen, die Lebensenergie durfte nie umsonst verschwendet werden.

Warum also hatte Mavi Bayraktar das seine missachtet?

Er richtete seinen Blick erneut auf die Pillen in der durchsichtigen Probentüte. Nach dem Telefonat hatte er sich noch etwas mit Rana Bayraktar unterhalten, sich nach den Pillen erkundigt und erfahren, dass er Albträume gehabt hatte. Die

Frau hatte erwähnt, dass ihr Mann schon seit einiger Zeit Schlafstörungen gehabt hatte, sie wusste aber nichts vom Inhalt seiner Träume. Sie wusste nur, dass Herr Bayraktar, der von Natur aus sehr empfindlich gegenüber surrealen Bildern war, nicht darüber reden wollte und neuerdings einen Arzt konsultierte, um sich Hilfe zu holen. Engin Kurt nahm die Pillen mit, notierte sich den Namen des Arztes und verließ die Frau, die nicht wusste, warum ihr Ehemann Selbstmord begangen hatte.

Er hingegen konnte vom Alleinsein nur träumen, da ihn in der Zentrale sein Chef und seine Arbeitskollegen nicht allein lassen wollten. Als sich herumsprach, dass der Fall, der zuvor für einen Unfall gehalten worden war, eigentlich ein Selbstmord und dazu auch noch der erste Suizidfall seit hundert Jahren war, brach in der Inspektionszentrale die Hölle los. Die Kontrolleure, die ironischerweise ihre eigene Neugier und Bewunderung nicht kontrollieren konnten, hatten sich im Flur vor Engin Kurts Zimmer versammelt. Es gab sowohl diejenigen, die unterschiedliche Theorien vorschlagen wollten, als auch diejenigen, die Engin bei dem Fall helfen wollten. Als der Vorgesetzte erschien, verstummte das Geflüster abrupt. Der Mann, der sowohl durch sein Alter als auch seine Erfahrung zu einer Autorität, einer Art Koryphäe geworden war, räusperte sich und der Flur war leer.

»Frohes Schaffen, Inspektor Engin.«

Als der Mann eintrat, riss sich der Inspektor zusammen und versteckte intuitiv die Pillen.

»Danke sehr, Chef.«

»Und? Wie sieht die Lage aus?«, fragte der Vorsitzende während er sich setzte und dabei auf die Dose zeigte. Niemals würde der Vorsitzende einer Kontroll- und Inspektionseinheit ein solches Detail übersehen. Engin wusste nicht, warum er versucht hatte, die Dose zu verstecken. Er schämte sich und stotterte für einen Moment.

»Die Untersuchung ist noch nicht abgeschlossen. Ich werde mich mit Mavi Bayraktars Arzt unterhalten, vielleicht kann er mir eine Erklärung geben.«

»Wenn er dir keine geben kann, musst du eben eine finden.«

»Wie bitte?«

Der Direktor beugte sich nach vorn, als wolle er über etwas Privates reden. »Dieser Fall hat uns alle irritiert. Vor allem die Autoritäten möchten, dass die Ordnung schnell wiederhergestellt ist. Wir alle möchten das …« Als er das sagte, merkte er nicht, dass er sich korrigiert hatte, aber diesmal war es Engin, dem es nicht entgangen war.

Dem Mann war das sichtlich unangenehm. Engin kannte ihn seit langer Zeit, hatte ihn aber noch nie so gesehen. Die Alterszeichen in seinem Gesicht gab es schon seit Längerem, aber heute hingen seine Wangen noch tiefer, die Falten an seiner Stirn waren noch intensiver. Seine eingesunkenen Augen waren rot und feucht. Für einen Moment fragte sich Engin, ob auch er Albträume hatte, und wenn ja, ob auch er die Pillen benutzte. Während er über all das grübelte, verpasste er einen Teil von dem, was der Direktor erzählte.

»Wie ich auch sagte: Ich erwarte, dass dein Bericht jede Sekunde umfasst. Dieser Fall ist sehr wichtig! Es gibt keine Ruhe, bis du alles gelöst und aufgeklärt hast. Beraume bitte so schnell wie möglich ein Gespräch mit dem Arzt an …«

»Ja klar, sofort morgen …«

»Nicht morgen!«, unterbrach ihn der Direktor. »Du gehst da noch heute hin und sprichst mit ihm.«

Diese Entgleisung seines immer ruhigen und ausgeglichenen Chefs überraschte und besorgte ihn.

»Ich habe aber gleich Feierabend …«

»Dann musst du dich eben beeilen. Lass dich nicht von mir aufhalten.« Eilig stand er auf, an der Türschwelle drehte er sich um. »Ich möchte die Kopien der Fotografien auf meinem Tisch. Gib sie der Sekretärin, bevor du gehst, damit sie sie vorbereiten kann.«

»Ja, gut«, konnte Engin nur sagen. Aber innerlich wollte er zum ersten Mal in seinem Arbeitsleben Nein sagen. Er wusste nicht, woher dieser Drang kam, er unterdrückte ihn aber.

Er konnte es sich nicht verkneifen, die beiden Schubladen seines Schreibtisches bis zum Anschlag offen zu lassen.

V

Als er in der Arztpraxis ankam, war die Assistentin dabei, das Terminheft zu schließen und ihre Sachen aufzuräumen. Nachdem Engin eingetreten war, schaute sie ihn uninteressiert an und sagte: »Frau Doktor ist gerade mit ihrem letzten Patienten beschäftigt, gleich wird sie fertig sein. Leider nehmen wir heute keine weiteren Patienten mehr an. Wenn Sie möchten, kann ich Ihnen für morgen einen Termin geben.«

Engin atmete erleichtert aus, da er es noch rechtzeitig geschafft hatte. Seine Gedanken blieben aber an dem Wort »Patient« hängen. Sprach sein eigener Arzt auch von ihm so? Eigentlich war es etwas Normales; Leute, die Schmerzen haben, ein Organ oder eine Funktion eines Organs verloren hatten, gingen zum Arzt und ließen sich behandeln. Der Geist war die Funktion des Gehirns, es konnte zu Verwirrungen kommen. In solchen Zeiten, zum Beispiel wenn Albträume die Schlafqualität und den Alltag beeinflussten, konnte man sicherlich einen Arzt konsultieren.

Trotzdem fing er irritiert an, sich zu erklären: »Ich bin kein Patient, ich komme von der Zentrale. Ich hätte ein paar Fragen an die Frau Doktor bezüglich eines ihrer Patienten …«

Die Assistentin sagte automatisch: »Wir geben keine Auskunft über unsere Patienten.«

Engin zögerte einen Moment und dachte daran, seinen Inspektionsausweis vorzuzeigen. »Sehen Sie, das ist eine sehr wichtige Angelegenheit. Einer der Patienten der Frau Doktor hat sein Leben verloren.« Um die junge Frau noch mehr zu beeindrucken, sah er kein Problem darin hinzuzufügen: »Ehrlich gesagt hat er Selbstmord begangen. Deshalb bitte ich Sie – ich wäre Ihnen sehr dankbar, wenn Sie dabei helfen würden, die Ordnung wiederherzustellen.«

Er brauchte nichts weiter zu sagen. Die Tatsache, dass die Assistentin ihre Augen weit aufgerissen hatte, rasch blinzelte und zu stottern anfing, zeigte, dass sie ihre Entscheidung überdacht hatte.

»Si… Sicherlich. Setzen Sie sich hin, wenn der Patient rauskommt, können Sie hinein.«

Während sich Engin in den Wartebereich setzte, legte die junge Frau die Sachen, die sie in ihre Tasche eingepackt hatte, wieder zurück auf ihren Schreibtisch und setzte sich hin. Ihr Blick fixierte den Inspektor.

»Verzeihen Sie … Welcher Patient? Wer kann so etwas getan haben?«

Er öffnete seinen Mund und konnte den Drang nur mit Mühe unterdrücken. »Leider kann ich Ihnen das nicht mitteilen«, sagte er mit einem professionellen, höflichen Lächeln. Anders als seine Worte war die Mimik geprobt.

In dem Moment öffnete sich die Tür des Sprechzimmers und die Ärztin kam mit ihrem Patienten heraus. Während des Abschieds gab sie noch letzte Empfehlungen. Der Mann sah ziemlich angeschlagen aus. Engin fragte sich, ob auch er Schlafstörungen hatte und ob er selbst auch so aussah, wenn er zu seinem eigenen Arzt ging. Die Stimme der Ärztin riss ihn aus seinen Gedanken.

»Hallo, herzlich willkommen! Aber wir stehen kurz vor dem Feierabend – wenn Sie möchten …«

Ohne dass Engin etwas sagen musste, gab die Assistentin die nötige Erklärung. Nachdem die Ärztin den Ernst der Lage erkannt hatte, ließ sie den Inspektor sofort in ihr Sprechzimmer und sagte zur Assistentin: »Danke, Deniz. Du kannst jetzt gehen.«

Als sie ins Büro eintraten, konnte die Ärztin ihre Verwunderung nicht mehr verstecken. Dass einer ihrer Patienten Selbstmord begangen hatte, und dass vor allem dieser Patient Mavi Bayraktar war, hatte sie verblüfft.

»Herrn Bayraktar ging es in letzter Zeit viel besser, nach seinen letzten Kontrollen fühlte er sich so gut, dass wir die Medikamente absetzten.«

»Sie sprechen von diesen Tabletten, nicht wahr?«, fragte er und nahm den Probenbeutel aus seiner Hosentasche.

»Ja, diese … Ich hatte ihm eine zweite Dose verschrieben, nur für den Fall, aber dann regelte sich sein Schlaf.«

Engin sah sich die wenigen restlichen Pillen in der Dose an. Es sah nicht so aus, als hätte er sie nicht mehr nötig – der Behälter war fast leer. »Sind Sie sicher? Es sieht danach aus, dass er sie weiter genommen hat …«

Sie hob ihre Augenbrauen in aufrichtiger Betroffenheit, »Aber dann hätte er doch sicherlich etwas gesagt. Er erzählte sogar während unserer letzten Sitzung, dass die Albträume aufgehört haben und er in Ruhe schlafen kann.«

Der Inspektor konnte selbst nicht glauben, was aus seinem Mund kam, als er fragte: »Könnte es sein, dass er es vor Ihnen verheimlicht hat?«

»Unmöglich!« Die Ärztin versuchte, ihre Professionalität zu bewahren. »Warum sollte er es verheimlichen? Das ergibt keinen Sinn. Er kam doch für sein eigenes Wohlsein hierher, warum sollte jemand gegen sich selbst …« Ihre Stimme wurde immer leiser und sie merkte, was sie da gerade sagte. Letztendlich war es ein Fakt, dass Herr Bayraktar sich selbst getötet hatte. Trotzdem fand die Ärztin es schwer zu glauben.

Sie räusperte sich und richtete sich gerade auf. »Dass er nicht die Wahrheit gesagt hat, ist so unglaublich, so inakzeptabel. Jemand anderen zu betrügen bedeutet, sich selbst zu betrügen. Lügen ist barbarisch und gehört zu veralteten Zivilisationen.«

»Genau wie Selbstmord auch …«, sagte Engin und seufzte. Wieder einmal hatte er sich nicht bremsen können. Er wechselte das Thema.

»Können Sie etwas zu den Albträumen sagen? Was raubte Herrn Bayraktar den Schlaf?«

Die Frau atmete tief ein. »Etwas Furchtbares … Aber auch so Sinnloses – als hätte er in seinem Kopf eine Welt für sich erschaffen. Keine schöne Welt. Einen Ort voller Schmerz und Folter. Einen Ort, wo unfassbare Sachen passieren. Er erzählte manchmal Teile seiner Träume – manchmal erzählte er lange, aber meistens unverständlich. Er sagte immer, dass er in seinen Träumen dorthin geht und das Ganze erlebt, als sei es Realität!«

Engin Kurt spürte ein Frösteln in seinem Nacken und schauderte. Hoffentlich hatte die Ärztin das nicht bemerkt, sein eigener Arzt reichte ihm.

Zaghaft fragte er: »Was waren das für Bilder oder Sachen? Hat er Details erwähnt?«

»Ja, das hat er. Am Anfang war er noch sehr präzise. Er beschrieb die unbewohnbaren Straßen einer chaotischen Stadt. Dass man die Luft nicht einatmen kann. Dass Menschen zum Atmen spezielle Geräte brauchen. Dass es eine zweite Stadt gibt, die sich hoch in den Himmel streckt und in der nur bestimmte Menschen leben können. Ich glaube, diejenigen, die früher als reich bezeichnet wurden. Aber er hatte eine andere Bezeichnung benutzt, was war das denn noch mal … So etwas wie oberes Niveau. Ich hatte mir Notizen gemacht, ich habe alles aufgezeichnet.«

Engin fühlte sich für einen Moment erleichtert, aber er musste sich sicher sein.

»Kann ich die Notizen sehen?«

»Sicher. Sie können alles mitnehmen, was Sie brauchen und was weiterhilft.«

»Danke dafür. Ich möchte Ihre Zeit nicht weiter in Anspruch nehmen. Falls es noch etwas gibt, das Sie hinzufügen möchten, oder falls Sie sich an etwas erinnern, können Sie mich in der Zentrale erreichen.«

Auf einmal hatte er es eilig, die Arztpraxis zu verlassen. Er machte sich Sorgen, warum auch immer, dass das Gespräch auf ihn kommen könnte. Hatte Mavi Bayraktar seine Geheimnisse genauso versteckt?

»Ja, natürlich. Ich bin bereit, jede Hilfe zu leisten, die ich bieten kann. Diese ganze Sache erschreckt mich sehr – dass es mein Patient war, der so etwas getan hat … Ich weiß nicht genau, letztendlich war ich für ihn verantwortlich.«

Während sie mit Schuldgefühlen kämpfte – etwas, was ihr völlig fremd war –, antwortete der Inspektor mit einer monotonen Stimme: »Jedes Individuum trägt Verantwortung für sich selbst, als Erstes für sich selbst und danach für die Gesellschaft.«

Die Doktrin zu hören beruhigte die Ärztin ein wenig. Etwas aufgemuntert begleitete sie Engin bis zur Tür.

Dort sahen sie, dass die Assistentin noch nicht gegangen war. Die Ärztin beauftragte sie damit, die Krankenakten von Herrn Bayraktar an Engin auszuhändigen. Sie selbst entschuldigte sich und verließ die Praxis.

Der Inspektor hatte eine Veränderung in der Art der Assistentin bemerkt. Vielleicht war sie erleichtert, weil sie jetzt wusste, wer der Tote war, worüber sich Engin wunderte. Sie hörte gar nicht auf zu reden, während sie den Aktenschrank durchwühlte, um die Notizen der Ärztin zu finden.

»Echt schade, Herr Bayraktar war ein sehr guter Mann. Er sah nicht so aus, als würde er so etwas tun können.«

»Kannten Sie ihn gut?«

»Nöö … Aber du bekommst in diesem Job einen Eindruck von den Menschen, die ständig kommen und gehen.«

Es war ihm nicht entgangen, dass sie ihn geduzt hatte, er ignorierte es aber. »Sie haben gesagt, dass er ein guter Mann war. Was meinten Sie damit?«

»Er war halt nett … Höflich, respektvoll, behutsam …«

»Ist das nicht jeder?«

Deniz drehte den Kopf zu ihm und lächelte. Es war so ein strahlendes, so ein echtes Lächeln, dass Engin das Gefühl hatte, niemand hatte ihn je so angelächelt. Dieses Gefühl erwischte den Inspektor unvorbereitet.

»Trotzdem macht es einen traurig. Frau Doktor legt großen Wert auf ihre Patienten. Es ist sehr bitter, sie so früh zu verlieren …«

Während die junge Frau die Akte aus dem Schrank nahm, kontrollierte und ihm herüberreichte, war Engin in Gedanken vertieft. Es war diesmal kein süßes Lächeln, das ihn verblüffte.

»Was meinen Sie mit ›sie‹?«

»Ach …« Sie wedelte mit der Hand in der Luft, als ob es nicht wichtig wäre. »Du weißt schon … Unfälle, unerwartete Fälle und so weiter …«

Der Inspektor nahm die Akte an sich, erstarrte, hielt aber dennoch den Blickkontakt. Unfälle und unerwartete Fälle?

»Hatte die Frau Doktor andere Patienten, die gestorben sind? Also, einfach so, ohne Grund?«

»Na ja, ohne Grund kann man nicht sagen. Manchmal ein Verkehrsunfall, manchmal ein Unfall zu Hause … Unfälle passieren nun mal, nicht wahr?« Die junge Frau lachte auffällig. »Aber das wisst ihr Inspektoren besser!«

Für einen kurzen Moment zögerte Engin, da er sich nicht sicher war, wie er sich angesichts dieser Aussage verhalten sollte.

Die junge Frau nutzte diesen Moment. »Wie auch immer, es ist schon längst Feierabend! Guten Abend, mein Lieber, falls du noch etwas brauchst, weißt du, wo ich zu finden bin!« Sie warf ihre Tasche über die Schulter und ging zur Tür.

Der Inspektor schaute ihr noch lange hinterher. Er konnte nur noch leise »Guten Abend« sagen. Es gab keinen Zweifel – in seinem ganzen Leben hatte er noch nie so jemanden getroffen.

VI

Nachdem er seinem Chef am Telefon die jüngsten Neuigkeiten mitteilte, ging er nach Hause. Er wollte die Akte zunächst allein sehen, ohne die anderen.

Er erledigte seine Hausarbeit, aß sein Abendessen und machte sich erneut an die Arbeit. Die Akte, welche die Assistentin ihm gegeben hatte, war ziemlich dick. So dick, dass er sich fragte, seit wann Herr Bayraktar zum Arzt ging oder was er dort alles erzählt hatte. Aber dann fiel ihm etwas auf. Das hier war nicht nur die Akte von Herrn Bayraktar, hier waren auch Notizen von anderen Patienten. Erst dachte er, dass sich die Assistentin vor lauter Plaudern vertan hatte und dies ein Versehen war. Als er in den Unterlagen etwas herumblätterte, verstand er aber das Ausmaß von dem, was vor ihm lag.

Alle Patienten in dieser Akte waren gestorben. Autounfälle, Stürze, Stromschläge, Ausrutschen und Kopf anschlagen …

Jeder einzelne Patient in dieser Akte war ein Unfallopfer. Genau so, wie die Assistentin angedeutet hatte …

Das Interessante an der ganzen Sache war, dass alle Patienten Schlafstörungen plagten und das gleiche Medikament benutzten. Das Medikament, das auch Engin gegen seine Albträume nahm. Genau wie Herr Bayraktar beklagten sich diese Patienten über Albträume. Die Ärztin hatte alles, was ihr erzählt wurde, detailliert notiert.

Zum Beispiel sah sich diese eine Patientin, eine Lehrerin in ihren Zwanzigern, regelmäßig in einer schmutzigen Werkstatt. Mit einem Apparat, der »Chip« genannt wurde, lud jemand verschlüsselte Informationen in ihr Gehirn und verlangte von ihr, dass sie diese an einen bestimmten Ort transportierte. Die Frau war zu diesem Zeitpunkt schwanger und sagte, dass diese Informationen durch die Nabelschnur an ihr Baby weitergegeben wurden und ihre Auftraggeber deshalb sie und ihr Baby verfolgten. Diese Frau war in der Realität an einer Lebensmittelvergiftung gestorben.

Ein 63 Jahre alter Schreiner träumte, er arbeitete an einem flughafenähnlichen Ort, in dem ein riesiger Aufzug in den Himmel ragte. Um ihn herum befanden sich Hunderte von Menschen mit Sauerstoffmasken, und der Mann kontrollierte mit einem Chip in seinem Gehirn ihre Durchgangserlaubnis. Eines Tages kam es in einem defekten Aufzug zu einer Explosion, und ein durch die Luft katapultiertes Metallteil trennte den Körper des Mannes entzwei. In der Realität hatte der Schreiner einen Unfall mit einem Messer, und bevor er um Hilfe rufen konnte, verblutete er.

Ein weiterer Patient, ein zehnjähriges Kind, fand sich in einem komplett weißen, geschlossenen Raum wieder. Tausende kleiner und scharfer Geräte schnitten in seinen Körper und füllten ihn mit Drähten, Kabeln und elektronischen Mikroteilen. Das Kind konnte die Veränderung an seinem

Körper nicht lange ertragen und geriet in einen Schockzustand. Letztendlich blieb ihm die Luft weg. Merkwürdigerweise fiel das Kind in der Realität in einen Teich und ertrank.

Danach kam ein Bauer, 35 Jahre alt. Er erzählte, dass er in seinem Schlaf durch einen Chip (die Wiederholung dieses Worts war dem Inspektor nicht entgangen) hinter seinem Auge in die Gedanken anderer eintreten und diese Leute kontrollieren konnte. Sie taten, was er wollte. Er nannte diese Prozedur »Kopf zerbrechen«, das war der Name seines Jobs. Gegen eine bestimmte Gebühr konnte man jeden beliebigen Kopf zerbrechen und den Körper alles tun lassen, was man wollte. Während eines Traums trat aber ein Problem auf und das Gehirn der Person, in deren Kopf er sich befand, wurde aufgrund eines Treiberdefekts frittiert (die Ärztin hatte diesen Satz mit einem Fragezeichen markiert). Seine Albträume hörten endlich auf, als der Bauer unter einen beweglichen Pflug geriet.

Natürlich gab es da noch Mavi Bayraktar, 43 Jahre alt, verheiratet mit zwei Kindern, Zahnarzt. Er behauptete, er wäre in seinen Träumen der »Haus-Mensch« des jüngsten Sohnes einer sehr reichen Familie an einem Ort, den er »Über-Stadt« nannte. Wie ein Haustier wurde er gefüttert und Gassi geführt, und im Gegenzug wurde von ihm erwartet, dass er das Kind unterhielt. Wenn das Kind unglücklich war, ließ es ihn hungern und dürsten oder es schloss ihn an einem dunklen Ort ein und folterte ihn sogar. Mavi Bayraktar hatte während einer Therapiesitzung erzählt, dass sein Auge mit einem Obstmesser herausgeschält wurde. Das Schlimmste war aber, dass man ihn ersetzte, als er älter wurde. Eine jüngere, »neue Version« Mensch wurde angeschafft, und der Vater des Kindes hatte Mavi von einem der Luftkanäle der Über-Stadt hinuntergeworfen. Also aus mehreren Kilometern Höhe … Genauso wie Herr Bayraktar in der Realität gestürzt beziehungsweise gesprungen war …

Die Akte fuhr mit ähnlichen Fällen fort. Je länger Engin die Notizen las, umso intensiver vermischten sich die Albträume, Namen und Unfälle miteinander. Ihm war übel und er war verunsichert. Leute, die zueinander keine Verbindung hatten; Albträume, die sich echt anfühlten; unerklärbare Unfälle und die seltsame Parallele zwischen den Todesfällen und den Träumen …

Je mehr er versuchte nicht einzuschlafen, desto schwerer wurden seine Augenlider. Obwohl seine Pillen im Döschen auf dem Tisch darauf warteten geschluckt zu werden, hatte er jetzt Vorbehalte, denn es würde ihm nicht nur die üblichen Albträume bescheren, sondern vielleicht auch Gedanken an das, was mit den Patienten, die die Tabletten nahmen, passiert war.

Er griff nach der Dose. Er wusste selbst nicht, ob er sie öffnen und eine der Pillen schlucken oder den Behälter an die Wand werfen sollte. Bevor er sich entscheiden konnte, stieß seine Hand den Papierstapel vor ihm um. Die Notizen flatterten auseinander und die Akte rutschte vom Tisch auf den Boden.

Laut stöhnend bückte sich Engin, um die Papiere aufzuheben, und merkte dabei, dass sich in der Innenseite des Aktendeckels ein geheimes Fach befand. Ein Stück Papier ragte aus dem Schlitz heraus. Es war merkwürdig, dass er es vorher nicht gesehen hatte. Als er aber die Akte vom Boden nahm und das Papier herauszog, verstand er, dass es mit Absicht nur halb versteckt worden war. Vielleicht, damit er es finden konnte. Möglicherweise war die Assistentin Deniz nicht so ahnungslos, wie er dachte.

Das Blatt Papier fühlte sich seltsam an. Auf beiden Seiten gab es Texte, die so aussahen, als wären sie mit einer kaputten Schreibmaschine geschrieben worden. Auf der Vorderseite stand in riesigen Buchstaben und mit vielen Ausrufezeichen

»Der Große Kataklysmus / Die Große Lüge«. Die Worte »Die neue Ordnung« und »Der Neue Satan« wurden mit einem Gleichheitszeichen verbunden. Die folgenden Absätze waren einfach nur grotesk.

Laut diesem Stück Papier hatte es die Finsternis nie gegeben. Die Menschheit hatte sich von ihrer eigenen Hochtechnologie versklaven lassen und dabei ihre Menschlichkeit vergessen. Beste Voraussetzungen also, um in die Hände von gewissen Mächten zu geraten. Es gab keinen freien Willen mehr, alles war unter der Kontrolle von »Autoritäten«. Menschen wurden programmiert, alles zu tun, was diese Autoritäten wollten – sogar ihre eigene Vergangenheit zu vergessen und damit Platz zu machen für die neuen falschen Erinnerungen, die anschließend in ihre Köpfe gepflanzt wurden. Die Verschiebung der Kontinente, das Klima, sogar die Farbe des Meeres waren Teil dieser großen Lüge. Um alles steuern zu können, benutzten sie Wolken. So konnten sie alles beobachten und wissen, was eine Person denken würde – noch bevor sie es selbst dachte.

All dieser Quatsch war so dermaßen absurd, dass Engin nach einem gewissen Punkt nicht mehr weiterlesen konnte und das Blatt beiseite warf. Er hatte versucht, es in seiner Hand zusammenzuknüllen, aber das Blatt nahm sofort wieder seine alte Form an, als machte sich jemand über ihn lustig – aber wer hätte ein Interesse daran? Die einzig plausible Möglichkeit war, dass jemand, wer auch immer, alle Patientenakten gelesen, dann so einen Unsinn zusammengesponnen und ihn niedergeschrieben hatte. Die Ärztin schien kein Mensch zu sein, der so etwas tat. Die Assistentin war seltsam, aber das hier war auch für sie eine Nummer zu groß. Warum sollte jemand so etwas tun, und mit welchem Ziel?

Engin erkannte langsam den Ernst der Lage.

Er ließ den chaotischen Haufen auf dem Schreibtisch liegen und ging in die Küche. Seine Nerven waren am Ende und seine Übelkeit hatte sich in ein Sodbrennen verwandelt. Wann immer er etwas nicht verstehen konnte, verspürte er ein Brennen in seinem Körper, als umschlossen Flammen seine Brust.

Er öffnete den Kühlschrank für ein Getränk, es war aber nicht die rechte Uhrzeit, um vitaminreichen Fruchtsaft zu trinken. Und mit Kaffee oder Tee würde er sich den Schlaf verderben. Er wollte sowieso etwas anderes. Er wünschte sich ein Getränk, das seinen Kopf, der voller dummer Ideen war, erleichterte, ihm beim Vergessen half und ihm ein bisschen Ruhe schenken konnte. Dann könnte er es trinken und sein Inneres brennen lassen. Dann könnte er trinken und vergessen. Aber so etwas gab es halt nicht.

Stattdessen trank er ein Glas Wasser und ging ins Schlafzimmer. Auf dem Weg dahin hatte er die Dose mit den Pillen gegriffen. Er nahm eine Pille heraus und schaute sie gedankenverloren an. Dann nahm er eine zweite Pille heraus und schluckte beide mit viel Wasser herunter. Heute Nacht wollte er nichts dem Zufall überlassen.

VII

Er stand wieder im weißen Flur, schaute sich die Welt aber durch die Augen eines anderen an. Er hob seine Arme, seine Hände waren aus Metall. Als er die Finger bewegte, sah er die beweglichen kleinen Kolben, Kabel und Verbindungen unter der durchsichtigen Haut. Als er seine Faust ballen wollte, gehorchte die Maschine, die sein Körper war.

Dann kamen sie. Vom Ende des Flurs, mit seltsamen Waffen in ihren Händen, liefen sie auf ihn zu. Vorn einer, dahinter zwei und dahinter noch weitere. Ihre Gesichter waren ausdruckslos, ihre Kleidung identisch, aber für ihn machte das sowieso keinen Unterschied.

Als die ersten Schüsse fielen, streckte er die Hände reflexartig nach vorn, gleichzeitig sagte eine mechanische Stimme »Schutzschild aktiv«, und geschützt vor allem, was aus den Waffen kam, kauerte er sich nieder.

Dann wartete er nicht länger und schmiss sich nach vorn, packte den ersten Mann auf seinem Weg und warf ihn an die Wand. Es war unglaublich leicht, als ob der Mann für ihn kein Eigengewicht hatte. Danach waren die anderen an der Reihe.

Tritte, Hiebe, gezielte und schwere Schläge kamen nacheinander. Er bewegte sich so schnell, dass die Männer mit ihm nicht fertig wurden, obwohl sie zahlreich waren. Er verpasste kein Ziel, wusste ganz genau, wen er wann von wo schlagen musste. In dem Moment merkte er, dass auch andere Teile seines Körpers künstlich waren. Er war wie aus Stahl. Eine lebende Todesmaschine …

Er brach das Genick eines Mannes und verschiedene Körperteile von mehreren anderen. Einen weiteren erschoss er mit seiner Waffe. Wieder einem, der mit einem Messer auf ihn zukam, schnitt er die Kehle durch. Der Mann, den er soeben an die Wand geworfen hatte, rappelte sich auf und erhob sich. Als der Mann auf ihn zulief, stach Engin plötzlich seine Metallhand in dessen Brust. Seine Finger durchdrangen das Fleisch, brachen die Knochen und rissen etwas heraus. Der Mann fiel zu Boden, und sein noch schlagendes Herz blieb in Engins Faust aus Stahl. Den Herzschlag übertönten das Stöhnen und die Schreie der sterbenden Männer um ihn herum.

Als er atemlos aufwachte, merkte er, dass er selbst derjenige war, der stöhnte, und das pochende Herz war sein eigenes. All die Bilder der Gewalt, das Blut und die Gräueltaten waren noch immer in seinem Kopf, vor seinen Augen. Statt diese auszutreiben, hatten die Pillen es sogar noch schlimmer gemacht. Dieser Albtraum war viel realistischer als die vorherigen. Er erinnerte sich glasklar daran, dass er die Menschen umgebracht hatte, spürte sogar noch die Freude, die er dabei empfunden hatte.

Noch etwas war diesmal anders gewesen. Während des Albtraums hatte er die Anwesenheit eines Beobachters gespürt. Jemand, der seine Arme und Beine kontrollierte wie ein stiller Lenker, der ihm Anweisungen gab. Vielleicht war er derjenige, der das sogenannte »Schutzschild« aktiviert hatte.

Engin befürchtete, seinen Verstand zu verlieren, wenn er noch mehr darüber nachdachte. Er stand auf und wusch sich die Hände und das Gesicht. Er nahm keine weitere Pille, schlief aber auch nicht wieder ein. Er fixierte den Papierhaufen und die glatte Broschüre mitten auf dem Tisch und wartete auf den Morgen. Es galt, Antworten einzuholen.

VIII

»Guten Morgen, wie kann ich behilflich sein?«

Wie bei ihrem Kennenlernen hob die Assistentin desinteressiert den Kopf und schaute ihn zunächst mit leeren Augen an. Als sie Engin erkannte, raffte sie sich auf.

»Ach, Sie sind es. Verzeihen Sie mir bitte.«

Keine Spur mehr von ihrer heiteren Art. Das war auch gut so, denn ihm war nicht nach Lachen zumute. Rabiat schmiss er die Akte vor die junge Frau, und als er sprach, musste er sich sichtlich beherrschen.

»Machen Sie sich über mich lustig?«

Deniz schreckte auf und schaute erst die Akte und dann ihn an. »Ich ver… verstehe nicht?«

»Ich weiß nicht, woher dieser Unsinn stammt, aber Sie sind mir eine Erklärung schuldig!«

Es war das erste Mal, dass er jemandem gegenüber laut wurde, aber er war kurz davor, die Fassung zu verlieren.

Die Assistentin aber hatte jahrelange Erfahrung mit solchen Patienten und bemühte sich, professionell zu reagieren. »Bitte beruhigen Sie sich zuerst, setzen Sie sich, wenn Sie wollen. Danach erzählen Sie mir, was passiert ist, ich bin hier, um Ihnen zu helfen.«

Die Änderung in ihrem Verhalten hatte Engin etwas besänftigt. Er atmete tief ein.

»Warum haben Sie mir diese Krankenakten gegeben?«

Mit Erstaunen sah sich die Assistentin den Haufen Papier auf ihrem Tisch an, als sähe sie ihn zum ersten Mal. Sie öffnete die Akte, schien aber noch immer nicht zu verstehen, was da vor ihr lag. »Aber ich …«

»Ich wollte von Ihnen die Notizen zu Mavi Bayraktar, und Sie geben mir die Akten von anderen Patienten dazu. Außerdem …« Seine Stimme wurde wieder lauter, er stand auf, um es der jungen Frau zu zeigen. »Außerdem haben Sie diesen Stuss dazu geschummelt! Das alles ist Wahnsinn! Woher kommt das Ganze, warum haben Sie das getan?«

Je länger sie die Papiere untersuchte, umso größer wurden die Augen der Assistentin. Am Ende drehte sie sich zu ihm um und sah ihn fassungslos an. Diese Fassungslosigkeit war echt. »Von welcher Akte reden Sie überhaupt? Ich habe Ihnen nichts gegeben. Wie sind Sie an diese Dokumente gekommen?«

Diesmal war es an Engin, dumm aus der Wäsche zu gucken. »Wie bitte? Soll das ein Witz sein? Ich möchte Sie daran erinnern, dass ich ein Inspektor bin, meine Dame!«

Deniz aber setzte noch einen drauf. »Die Tatsache, dass Sie Inspektor sind, gibt Ihnen nicht das Recht, sich so zu verhalten! Diese Notizen sind äußerst diskret zu behandeln und ohne Erlaubnis können Sie sie nicht haben! Ich werde mich über Sie beschweren!«

Angesichts des Ernstes der Lage nahm sich Engin zusammen. »Sie persönlich haben sie mir gestern Abend gegeben, auf Wunsch der Frau Doktor. Sie war auch hier. Ich habe nichts, aber rein gar nichts falsch gemacht. Bitte reißen Sie sich jetzt zusammen.«

»Haben Sie vielleicht geträumt? Ich würde mich doch daran erinnern, wenn es so gewesen wäre. Ich versichere Ihnen, dass ich Ihnen die Akten nicht gegeben habe! Sie sind in den Behandlungsraum zum Gespräch mit Frau Doktor und ich bin nach Hause gegangen, weil ich Feierabend hatte. Wahrscheinlich haben Sie bei der Gelegenheit die Akten mitgenommen, woher soll ich das wissen?«

»Nun reden Sie doch keinen Unsinn, Sie waren noch hier, als das Gespräch mit der Frau Doktor zu Ende war. Sie haben von anderen Patienten geredet und gesagt, ›Was war doch Herr Bayraktar ein guter Mann.‹ Ich sauge mir das doch nicht aus den Fingern!«

»Aber ich, ja? Ich bin also eine Lügnerin?!«

Die junge Frau war entsetzt. Wie zwei sture Ziegen auf einer Brücke starrten sie sich an. Der Inspektor jedoch war sturer.

»Wenn Sie möchten, können wir bei der Ärztin nachfragen. Sie hatte Sie beauftragt, die Akte herauszusuchen.«

»Ja sicher, fragen wir bei ihr nach! Sie ist zwar jetzt in einer Kommiteesitzung, wird aber heute Nachmittag zurückkommen. Wir warten.«

Beide bewahrten die Fassung und sagten nichts mehr. Deniz ging an ihren Schreibtisch, während Engin sich auf die

Couch im Wartebereich setzte. Als er sich bückte, bemerkte er etwas in seiner Tasche. Er erinnerte sich, was es war, und versuchte, sein letztes Ass aus dem Ärmel zu ziehen.

»Und was wollen Sie bitte schön dazu sagen?« Er zog die unzerknitterbare Broschüre aus seiner Tasche. Weil er dachte, dass sie am ehesten als Beweismittel taugte, hatte er sie nicht in die Akte zurückgelegt, sondern bei sich behalten. Er wedelte ihr mit dem Papier vor der Nase herum, als würde das dazu führen, dass sie endlich aufgab, alles eingestand und sich erklärte.

Die Assistentin nahm das merkwürdige Papier in die Hand und drehte es um. Sie schaute Engin unbeeindruckt an und gab es ihm zurück. »Und?«

»Sie werden mir sagen, was das ist! Es war im Aktendeckel versteckt, absurde Behauptungen, lächerliche Theorien …«, hatte er gerade angefangen, da sah er, dass die Seite in der Hand der jungen Frau leer war.

»Was zum …«

Energisch riss er ihr das Papier aus der Hand, genauso wie es nicht zerknitterte, zerriss es auch nicht.

Der Inspektor drehte das Blatt hin und her und schaute sich beide Seiten an. Nichts von dem, was er gestern Abend gelesen hatte, stand auf dem Papier. Kein Wort, kein Punkt. Ein leerer Bogen milchweißes Papier.

Er öffnete den Mund, aber er konnte nicht reden. Tausende von Gedanken schossen ihm in Blitzesschnelle durch den Kopf. Es konnte nicht sein, dass er das falsche Papier mitgenommen hatte, seit gestern Abend hatte er es bei sich, und es war so seltsam, dass man es nicht mit normalem Papier verwechseln konnte.

Sein Blick traf den der jungen Frau. Die Assistentin schaute ihn skeptisch an, als ob der Inspektor seinen Verstand verloren hätte und ihr Angst machte. Vielleicht verlor er tatsächlich den Verstand? Fühlte es sich so an, verrückt zu werden?

»Setzen Sie sich hin, ich bringe Ihnen ein Glas Wasser.«

Sie verhielt sich verständnisvoll und fürsorglich, als sei er ein Patient der Ärztin. Engin leistete keinen Widerstand. All seine Behauptungen hatten sich zusammen mit der Schrift in der Broschüre in Luft aufgelöst. Als die junge Frau Wasser holen ging, fixierte sein Blick den Boden, als könnte er die verlorenen Worte von dort wieder aufsammeln.

War dies ein Albtraum in wachem Zustand? Fühlten sich die gestorbenen Patienten an ihren letzten Tagen ebenso? Bevor sie Opfer eines Unfalls wurden oder Suizid begingen?

Er schauderte und versuchte, wieder klarer zu werden. Das kalte Wasser half etwas. Nachdem er es mit großem Durst getrunken hatte, bedankte er sich und bat sie um einen Gefallen. Er wollte, dass sie alles, was am Abend passiert war, im Detail noch einmal erzählte. Wenn er jetzt träumte, dann hatte er vielleicht die Akte und das Papier auch geträumt.

Deniz erzählte ihm alles in einem geduldigen Ton, ohne ein Detail zu überspringen. Das Ankommen des Inspektors in der Arztpraxis, dass er die Frau Doktor sprechen wollte, dass er einen Patienten erwähnte, der Selbstmord begangen hatte, und anschließend wartete bis zum Ende der Besprechung zwischen der Frau Doktor und ihrem Patienten. Danach war die Ärztin hereingekommen, hatte sich ihm vorgestellt und ihn in ihr Zimmer hereingebeten. Ab diesem Moment unterschied sich die Erzählung der jungen Frau deutlich von seiner Erinnerung. Sie bat ihre Chefin um die Erlaubnis, gehen zu dürfen, da sie ohnehin in Eile war. Sie erinnerte sich weder an die Akte, noch dass sie diese Engin gegeben hatte. Das Gespräch zwischen ihnen hatte nie stattgefunden und sie hatte Engin nie angelächelt.

Diesmal widersprach Inspektor Engin ihr nicht. Sie hatte keinen Grund zu lügen. Außerdem war das leere Papier in seiner Hand der Beweis, dass sie recht hatte.

Er war derjenige, bei dem etwas nicht stimmte, und das machte ihm große Angst.

Er entschuldigte sich bei der Assistentin, sagte, dass die Ärztin ihn bitte kontaktieren solle, wenn sie käme, und verließ die Praxis.

Er hatte nichts weiter in seiner Hand als das nutzlose Stück Papier.

IX

In der Zentrale warteten alle gespannt auf ihn. Die flüsternde Menge war an diesem Morgen kaum auszuhalten. Die Stimmen in seinem Kopf und das Brennen in seinem Magen waren schier unerträglich geworden. Er traute sich nicht, weitere Pillen zu nehmen.

»Du kommst normalerweise nie zu spät, Engin. Ist was passiert?«

Sein Chef hatte ihn abgepasst. Er erwartete in seinem Büro allein zu sein, aber der Vorgesetzte war schneller gewesen. Noch war Engin nicht bereit für einen Bericht.

»Chef … Ich wollte gerade zu Ihnen.«

Sobald die Wörter seinen Mund verließen, merkte er, dass sie gelogen waren. Wie einfach das für ihn war. Erst die Träume, jetzt die Lügen … Was stand als nächstes an? Selbstmord?

»Konntest du aus den Notizen der Ärztin etwas herausfinden?«

»Ich …«, fing er an. Um das Ende des Satzes zu artikulieren, musste er sich aber regelrecht zwingen. »… habe keine Ergebnisse. Ich recherchiere noch.«

Die Unzufriedenheit des Mannes war sichtbar. »Sei aber bitte schnell. Du weißt doch, wie wichtig diese Sache ist …« Er zeigte auf die Fotos auf dem Schreibtisch. »Das ganze hier irritiert mich. Wir müssen diese Sache unbedingt aufklären. Die Ordnung liegt in unserer Verantwortung. Wir sind der Gesellschaft und den Autoritäten Rechenschaft schuldig.«

Während die Worte »Ordnung« und »Autoritäten« noch in seinem Gehirn nachhallten, fuhr Engins Hand reflexartig in die Tasche. Er würde das Stück Papier, laut dem alles Lüge war, das sich aber selbst als Lüge erwiesen hatte, gar nicht erst erwähnen. Zum Glück merkte der Chef nicht, dass Engin etwas verheimlichte.

»Gut. Jetzt zurück an die Arbeit. Und sag mir bitte so schnell wie möglich Bescheid.«

Engin atmete erst aus, als der Chef weg war. Er hatte keine Ahnung, was er jetzt tun sollte, und spürte zum ersten Mal in seinem Leben Unsicherheit, was ihn noch zusätzlich entsetzte.

Er schloss die Bürotür und ließ sich in seinen Stuhl fallen. Auf seinem Schreibtisch befanden sich die letzten Bilder von Mavi Bayraktar, in grotesker umgekehrter Reihenfolge, als wollte jemand sich über ihn lustig machen; erst die Brücke; dann Herr Mavi beim Gang über das Geländer; dann springend. Als sei all dies nicht passiert, die Ordnung nicht durcheinandergebracht …

Wütend fing er an, Schubladen zu öffnen. Als das nicht ausreichte, stand er auf und öffnete das Fenster noch dazu. Der Himmel war blau, die großen weißen Wolken hingen unbeweglich am klaren Himmel. Einen Moment lang hatte er erneut das Gefühl, beobachtet zu werden. Waren die Beobachter über den Wolken, oder waren das nur die Überreste seines Albtraums, die in seinem Kopf hängen geblieben waren? Er war sich nicht sicher.

»Hallo!«

Er sprang auf. Er hatte nicht gehört, dass jemand geklopft hatte oder dass die Tür geöffnet worden war. Einer seiner Kollegen, mit dem er ab und an zu Mittag aß, stand in der Tür.

»Hast du schon gehört? Der Asteroid soll in den nördlichen Teil des Marmarameeres fallen. Man soll es von der Küste aus beobachten können; es wird aber gewarnt, trotzdem nicht zu nahe ans Wasser zu gehen. Nurcan und ich wollen hin, möchtest du auch mit?«

Er war irritiert und wollte den Kollegen erst anmaulen »Was laberst du denn da von Nurcan und Asteroiden?« Er beherrschte sich aber und ging schwungvoll auf seinen Freund zu.

»Woher weißt du das?«

»Aus den Nachrichten … Sie haben es heute Morgen gesagt.«

»Haben sie noch etwas anderes gesagt? Über Mavi Bayraktar?«

Der Mann zuckte mit den Schultern. »Nö … Aber stimmt, was ist eigentlich mit der Akte passiert? Ich war gestern nicht im Büro, habe da aber was gehört. Was war eigentlich los?«

Engin atmete tief ein und hielt den Mann mit beiden Händen an den Schultern fest. In der ganzen Zeit, in der sie sich kannten, war das die freundlichste Geste zwischen den beiden, die zustande gekommen war. Auch sein Kollege war verdutzt. Engin überraschte ihn sogar noch mehr, als er gar nichts sagte und abrupt das Büro verließ.

Es war möglich, dass er sich nicht existierende Schrift auf einem seltsamen Stück Papier eingebildet hatte. Es war auch möglich, dass er nachts seltsame Albträume hatte oder die ganzen Patientenakten tatsächlich selber mitgenommen hatte. Es gab aber eine definitive und unbestreitbare Wahrheit, nämlich dass Mavi Bayraktar Selbstmord begangen hatte. Und im Gegensatz zu Asteroiden, die immer wieder mal auf die Erde fielen, wurde davon nicht einmal berichtet.

Mit gezielten Schritten ging Inspektor Engin zum Archiv, zeigte seinen Ausweis vor und trat ein. Der Wächter an der Tür hatte ihn nicht gefragt, was er wollte, das brauchte er nicht; Engin war ein Inspektor. Es gab jetzt eine wichtige Sache, die er inspizieren musste.

Er hatte die Patientenakten in der Praxis gelassen, was aber nicht weiter schlimm war. Er kannte alle Namen auswendig. Es dauerte etwas, jede einzelne Akte im Unfallarchiv zu finden, aber letztendlich schaffte er es, mit einem Haufen Akten in sein Büro zurückzukehren. Zum Glück hatte niemand versucht, ihn aufzuhalten, oder hinterfragt, was er da machte.

Erst reihte er die Akten auf dem Tisch auf, dann fing er an, jede einzelne zu lesen. Es waren Berichte, die seine Kollegen verfasst hatten. Alle Fälle wurden als Unfall archiviert, aber Engin wusste es besser. Beim genauen Hinsehen entdeckte er Ungereimtheiten auf den Bildern oder in den Zeugenaussagen.

Die Lehrerin, die einer Lebensmittelvergiftung zum Opfer gefallen war, hatte das Essen an dem Abend selbst gekocht und ihre Pillendosen waren alle komplett leer gewesen. Trotz ganzer vierzig Jahre Berufserfahrung hatte der Schreiner ein Messer frei herumliegen lassen, war dann noch draufgefallen und hatte keine Hilfe gerufen, obwohl er es noch zum Telefon geschafft hätte. Das Kind, das in den Teich fiel, konnte sehr wohl schwimmen. Seltsamerweise aber verhedderte sich sein Fuß an einem Seil, das an einen Stein gebunden war.

Die Akten waren trotz der Ungereimtheiten geschlossen worden. Eigentlich waren alle Fälle merkwürdig und es war zweifelsfrei, dass die Leute sich selbst umgebracht hatten. Trotzdem wurde jeder einzelne Fall als Unfall verzeichnet. Genau so würde auch der Tod von Mavi Bayraktar als Unfall archiviert werden, gäbe es nicht die Fotos.

Der Inspektor nahm sich zusammen. Es konnte einfach nicht sein, dass er das Ganze träumte. Ganz klar ging hier irgendetwas nicht mit rechten Dingen zu. Er musste sofort seinen Chef und die Autoritäten benachrichtigen.

Engin zögerte. Tausende von Gedanken, Hunderte von Wahrscheinlichkeiten schossen durch seinen Kopf. Wie konnte es sein, dass niemand diese Selbstmordfälle bemerkt hatte? Oder wurden sie bewusst ignoriert? Er erinnerte sich an die Reaktion der Menschen, als der Fall Mavi Bayraktar bekannt wurde. Könnte es sein, dass der Fall vertuscht wurde, um ein Massenpanik zu verhindern?

Aber warum brachten sich diese Menschen um? Was war die Bedeutung ihrer Albträume? Was war die Wirkung der Pillen, die sie zu sich nahmen? Die Ärztin müsste noch mehr wissen. Vielleicht war es die Assistentin, die gelogen und diese Zweifel verursacht hatte. Aber was steckte hinter der Sache mit dem Stück Papier?

Er fand endlich den Mut, das Papier aus seiner Tasche zu nehmen und es sich erneut anzuschauen. Diesmal war eine gänzlich andere Schrift zu sehen. Eine andere Farbe und eine andere Schriftart als das letzte Mal; dort stand eine Adresse auf der Seite. Weder ein Name noch eine Erklärung ... Engin war sich sicher, dass die Adresse vorher nicht dagestanden hatte – weder gestern Nacht noch heute Morgen. Die Schrift musste erschienen sein, als das Papier noch in seiner Tasche war.

Alles gut und schön – aber wie konnten Schriften sich von allein löschen und erneut erscheinen? Engin brauchte eine andere Erklärung als den Verlust seines Verstands. Er untersuchte das Stück Papier und versuchte erneut, das Material zu identifizieren, es ähnelte aber nichts, was er kannte.

Als er das merkwürdige Blatt hin und her bog, musste er an die lächelnden Augen von Deniz denken. Ihre Stimme hallte in seinen Ohren: »*Du weißt schon wo du mich findest, falls du noch was brauchst!*« Oder war es jemand anders, der das gesagt hatte?

Er durfte nicht noch mehr Verwirrung aufkommen lassen. Er stand auf, nahm seine Jacke, mit der er das Stück Papier verbarg, und verließ die Zentrale. Auf seinem Weg nach draußen sagte er niemandem Bescheid und die Akten hatte er auf dem Tisch liegen lassen.

Für die Überfahrt auf die andere Seite des Bosporus würde er einen Fahrservice nehmen. Auf dem Weg zur Haltestelle beschleunigte er seine Schritte. Er wollte nicht zu spät ankommen. Allerdings wusste er nicht, wofür zu spät. Er versuchte, sich die Adresse auf dem Papier einzuprägen, aus Angst, dass es sich wieder löschte.

Genau in diesem Moment wurde er von einem Lastwagen erfasst. Später würden sich die Augenzeugen erinnern, dass er sich nicht umgeschaut hatte, bevor er die Straße überquerte. Die Automatik des Fahrzeugs würde berichten, dass alles nach Protokoll lief, der Unfall nicht vorauszusehen war und der Fußgänger die Schuld trug.

Während Inspektor Engin blutverschmiert unter dem Lastwagen lag, merkte er, wie sich die Haut von seinen Händen schälte und darunter Metallschienen und Kabel zu sehen waren.

X

»Nachdem der Asteroid entgegen aller Berechnungen statt in den Tiefen des Marmarameeres auf den nördlichen Berge in Küstennähe einschlug, kann die genaue Anzahl der Toten noch immer nicht bestimmt werden. Während Hunderte von Verletzten in diverse Krankenhäuser in der Umgebung transportiert werden, wird die Suche nach Toten und Verletzten fortgesetzt. Die Autoritäten sprechen von einem unglücklichen Unfall und disputieren die Vorwürfe, dass nicht alle nötigen Recherchen gemacht worden wären. Um die Ordnung wiederherzustellen, wurden alle Inspektionseinheiten zum Notdienst gerufen … Es ist 6:30 Uhr … Nun das Wetter; Ist, leicht bewölkt, 15 Grad … An, sonnig 18 Grad … Bul …«

Er griff nach dem Radio und schaltete es aus. Eigentlich wollte er unbedingt, wie alle seine Kollegen, schnell zum Auftragsort rennen; noch war er aber krankgeschrieben. Nach dem Unfall hatte er sich relativ schnell erholt, und seine Wunden heilten. Obwohl er keine Schwierigkeiten hatte, sich zu bewegen, hatten seine Ärzte und sein Chef ihm empfohlen, sich erst einmal komplett auszukurieren, bevor er wieder zur Arbeit kam. Als ein rationales Individuum würde er sich natürlich an der Expertenmeinung orientieren.

Nachdem er die Gymnastikübungen gemacht hatte, nahm er eine lauwarme Dusche und zog seine Hauskleidung an. Er aß ein gesundes Frühstück und nahm seine stärkenden Ergänzungsstoffe. Gerade als er angefangen hatte, das Geschirr zu spülen, klingelte das Telefon.

»Ja, hallo, Inspektor Engin Kurt am Apparat.«

»Hallo Herr Kurt. Ich bin es, Deniz Saygun, die Assistentin von Frau Doktor Sanem. Kurz nachdem Sie an jenem Tag die Praxis verlassen hatten, kam die Frau Doktor, und ich habe versucht, Sie anzurufen, konnte Sie aber an Ihrem

Arbeitsplatz nicht mehr erreichen. Mir wurde gesagt, dass Sie einen Unfall hatten. Gute Besserung.«

»Danke sehr. Woher haben Sie meine private Telefonnummer?«

»Sie haben sie mir in der Zentrale gegeben, als ich sagte, dass es wichtig sei. Ich versuche seit Tagen, Sie zu erreichen, weil ich Sie um Entschuldigung bitten möchte.«

»Wieso das denn?«

»Ich lag falsch. Ich weiß nicht, wie das sein kann, vielleicht war es irgendeine Art Blackout. Die Frau Doktor sagte mir, dass sie mich beauftragt hat, Ihnen die Akten zu geben, und dass ich noch hier war, als sie ging. Ich kann mich trotzdem nicht erinnern, aber ich möchte mich für die Probleme, die ich verursacht habe, bei Ihnen entschuldigen. Falls ich irgendwie behilflich sein kann, sagen Sie mir doch bitte Bescheid. Ich möchte es wiedergutmachen.«

Engin sagte nichts. Er erinnerte sich selbst nicht mehr so gut an die junge Frau und die Ärztin. Er wusste nur, dass er sich vor dem Unfall mit einer Sache beschäftigt hatte. Die Akte eines Pechvogels, der von der Brücke gefallen war – es war aber wohl nichts weiter Wichtiges. Die Ordnung war wiederhergestellt.

»Danke, aber es gibt keine Probleme, Sie haben sich die Mühe umsonst gemacht.«

»Aber … Haben Sie denn herausfinden können, warum Herr Bayraktar sich umgebracht hat?«

»Da muss ein Missverständnis vorliegen, es war kein Selbstmord. Ein Unfall hat den Tod von Herrn Mavi verursacht.«

Die junge Frau zögerte. »Ach ja?«

Aus irgendeinem Grund stellte sich Engin vor, dass sie erleichtert lächelte.

»Na gut dann, entschuldigen Sie die Störung. Ich wünsche Ihnen schnelle Genesung und alles Gute.«

»Danke sehr, Ihnen auch alles Gute«, sagte er und legte auf. Er fixierte seinen Blick für einen Moment auf den Hörer.

Der Hörer des Telefons bei Mavi Bayraktar zu Hause, die Fotos, die ihn auf der Brücke zeigten, das Stück Papier mit den komischen Verschwörungstheorien und eine mysteriöse Adresse; nichts war mehr da. Als ob es das Ganze nie gegeben hätte.

Engin ignorierte die Leere in seinem Kopf, zuckte mit den Schultern und ging zurück in die Küche. Er bemerkte, dass ein paar Schubladen und Küchenschränke offen geblieben waren. Er schloss alles. Er korrigierte die Gläser auf der Theke.

Als er die Ordnung wiederhergestellt hatte, atmete der Inspektor tief ein. Alles war perfekt.

Noch ahnte er nichts von den Albträumen, die er in der Nacht haben würde.

Selin Arapkirli

Bitte nicht stören

»Weil kein Mensch auf diesem Planeten weilen kann, ohne von der Drecksbrühe, aus der er entsteht, befleckt zu werden. Das musst du verstehen …«

Leyla Erbil, *Cüce*

Gut, dass du hier bist.

Bitte verzeih, wie es hier aussieht. Gerade eben fand hier ein stiller Kampf statt. Versuch nicht aufs Bett hinüber zu schauen. Komm, setz dich hin. Nein, warte. Ich möchte nicht, dass du sprichst. Öffne nicht deinen Mund. Falls ich deine Stimme höre, werde ich meinen Mut verlieren. Du brauchst dich nicht vorzustellen, ich weiß wer du bist. Nein, du musst dich auch nicht ausziehen, zumindest noch nicht. Ich werde dich nicht berühren. Ich würde dich niemals berühren. Es erschreckt mich schon, dich anzusehen, und um ehrlich zu sein, machst du mich krank. Ich – die ihr ganzes Leben in einem Meer aus Kacke verbracht hat; die ihr Leben lang jede Seite von Entsetzen und Brutalität aus nächster Nähe betrachtete und diese nach Scheiße, nach Pisse, nach Blut und nach Schweiß stinkenden Gesichter, ohne auch nur einmal zu würgen, geküsst hat. Wenn ich aber dich anschaue, wird mir übel. Das hätte ich nicht gedacht.

Bitte, sei nicht gekränkt. Das hat nichts mit dir zu tun, sondern mit mir … Oder mit uns beiden, ich weiß es nicht. Wir zwei; sind wir zwei verschiedene Personen? Wie auch immer. Das ist keine Frage, die wir jetzt beantworten müssen. Ich kann damit keine Zeit vergeuden. Wir haben nur noch 48 Minuten übrig. Nach 48 Minuten wird die Bitte-nicht-Stören-Leuchte erlöschen, und dann *werden* sie uns stören. Du hast diese Karten noch nie gesehen, nicht wahr? Natürlich nicht. Es ist das erste Mal, dass du ein Hotelzimmer betrittst, und dein Gedächtnis ist so rein wie das eines neugeborenen Babys. Ich habe genau 767 von diesen Karten gesammelt. 767 Karten – ich habe sie innerhalb von acht Jahren gesammelt, alle in verschiedenen Größen, verschiedenen Farben, manche digital, manche ganz altmodisch. Das alles bedeutet dir sicher nichts. Aber alles, was ich auf dieser Welt habe, sind diese Karten. Sie sind meine stillen Schreie.

Noch immer trödele ich. Ich verliere Zeit. Es ist so seltsam, dich anzuschauen, mit dir zu reden … Ich glaube, deshalb finde ich es so schwierig, meine Gedanken zu sammeln. Dabei muss ich jedes Wort mit großer Sorgfalt wählen. Und dazu muss meine Geschichte so klar und erschütternd wie möglich sein. Denn dein unbeflecktes Gedächtnis wird mein persönliches Manifest sein; ich werde es ziemlich beschmutzen, tut mir leid. Wenn die Zeit reif ist, wirst du verstehen, wovon ich rede. Jetzt aber darf ich keine Zeit verlieren. Wir haben noch 46 Minuten. Ich muss in diese Zeit mein ganzes 25-jähriges Leben und eine Jahrtausende alte Realität packen. Alles was ich von dir brauche, ist, dass du mir zuhörst. Auch das ist im Sex-Paket eurer riesigen Firma enthalten, nicht wahr? Letztendlich bin auch ich jetzt eine Kundin und ich werde mit dir reden. Und heute Abend, in diesem Hotelzimmer wirst du mit einer hässlichen Wahrheit geschwängert. Und nur du kannst sie gebären.

Nun, lass uns anfangen. Ich rede ständig über die Wahrheit, aber ich möchte dir keine Lektion in Kosmogonie erteilen. Das könnte ich nicht einmal, selbst wenn ich wollte. Ich werde von den einzigen Sachen reden, die mir beigebracht wurden: Sex und Gewalt. Aber letztendlich ist doch auch die gesamte Kosmogonie aus diesen beiden Fäden gewoben, nicht wahr?

Die erste Wahrheit, die du lernen musst: Sie haben dir gesagt, dass mein Name Star lautet. Das stimmt nicht. Ich bin vor 25 Jahren an einem anderen, von dieser Insel Tausende Kilometer entfernten Ort geboren worden. Ein Ort, den die Insulaner die Dritte Welt nennen. Mein Name war Sitare. Du musst den Namen meiner Heimat nicht wissen. Alle anderen Namen außer meinem eigenen sind ohnehin bedeutungslos. Wenn man von Ganna aus guckt, ist der Rest der Welt sowieso immer gleich; alles Dritte Welt. Die Welt ist zweigeteilt: einmal gibt es Ganna, Ort der Freiheit und Glückseligkeit, und dann gibt es den Rest, alle anderen Elendigen, die ihr Leben damit verbringen, von Ganna zu träumen. Die Drittweltler. Die Fremden auf ihren eigenen Planeten. Die Namenlosen, die auf dieses eine Wort reduziert werden. Mein Name *ist* aber wertvoll. Heute werden alle Menschen auf der Welt meinen Namen hören. Alles was ich tue, tue ich, um mir meinen Namen zurückzuholen; nicht aus irgendeinem noblen Grund. Ja, es mag sein, dass an meinen Händen Blut klebt wie an den Händen aller Helden. Ich bin trotzdem keine Heldin. Vergiss alle Helden.

Als kleines Kind glaubte ich an sie. Genauso wie ich an die reizenden Märchen über die Insel Ganna glaubte. Wir alle glaubten daran. In der Dritten Welt ist Glauben keine Sache der Wahl, sondern ein Bedürfnis. Denn wenn du nicht glaubst, hast du keinen Grund mehr zu leben. Denn wenn du von der Ferne schaust, also von da aus, wo wir herkommen, sieht Ganna aus wie der Himmel auf Erden. Wir glaubten mit Körper und Seele, ohne Wenn und Aber an die Existenz dieses rosaroten Ortes. In unseren süßen Träumen gab es keinen Platz für Zweifel. Du denkst, dass wir dumm waren, nicht wahr? Nein. Wir waren nicht dumm. Wir waren lediglich arm, im wahrsten Sinne des Wortes. Niemand auf dieser Welt kann sich fester an Träume des Paradieses klammern als die Armen – merk dir das. Wir hatten nichts anderes als diese Träume.

Lass mich ein bisschen mehr von dem Ganna erzählen, von dem wir träumten: Vor allem gab es keine Armut auf Ganna. Dort war es undenkbar, mit leerem Magen zitternd auf einem Stück Karton zu übernachten. Falls du dich dennoch in dieser Lage finden solltest, kam sofort ein Schutzroboter zur Hilfe, fand dich und reichte dir seine kalte, aber fürsorgliche Hand, fütterte dich mit etwas anderem als faulem Fisch und schob ein weiches Kissen unter deinen Kopf. Dort konnte dich niemand zwingen zu arbeiten, dich schlagen, bis deine Knochen krachen, oder dich vergewaltigen, wenn du nur sechs Jahre alt bist. Die strenge Hand des Gesetzes würde diejenigen, die so etwas auch nur versuchen, auf der Stelle zerstören. Vor dem Ganna'schen Gesetz waren alle gleich, es schützte jeden gleichermaßen. Deshalb waren die Straßen von Ganna auch frei von dem stinkenden Monster Namens Chaos. Die Straßen von Ganna waren stets glänzend sauber. In diesen Straßen konnten Leute mit strahlenden Gesichtern jeden Beruf ausüben, den sie wollten, verdienen, so viel sie konnten. Man musste dort nicht die Gelüste des Stärkeren befriedigen, um selbst satt zu werden. In Ganna machten Menschen nur dann Liebe, wenn sie es wollten – mal aus Begierde, mal aus Spaß. Wir wussten nicht einmal, was Wörter wie »verliebt sein« oder »Liebe machen« bedeuteten. Unsere Mütter hatten uns das gar nicht erst beigebracht, weil sie dachten, es sei unnötig. Es war nur ein Job für uns, genauso wie Träger, Abflussreiniger oder Räuber. Und genauso wie die meisten von uns keine Schlepper oder Diebe sein wollten, wollten wir auch keine Huren sein. Aber wir mussten eben. Früher oder später übernahmen wir die Krone der Prostitution von unseren Müttern und setzen sie auf unser Haupt. In Ganna dagegen wurde Prostitution wie jegliche Schwerstarbeit den Robotern übertragen. Dass Menschen sich prostituieren, wurde schon vor Jahren durch Gesetze unterbunden. Ein Punkt für radikale Feministinnen, null Punkte für die Libertären!

Kurz gesagt, die Insel Ganna war in unserer Vorstellung umgeben von Glück und Rücksicht. Das glaubten wir. Ganna war die Idee einer Leiter hinauf zum Licht, die existieren musste, damit wir das Loch, in dem wir lebten, aushalten konnten; jemand würde sie eines Tages herunterlassen und manche von uns würden aus dem Loch hinausklettern. Und eigentlich ist es auch so gekommen. Zweimal im Jahr kam ein Vertreter aus Ganna in unser Loch und beobachtete uns, als seien wir wilde Tiere. Danach wurden manche von uns für den Transport nach Ganna auserwählt. Diese Auserwählten hatten keine besonderen Eigenschaften; Frau, Kind, Mann, schwul, hetero, dünn, dick oder schwanger, es war egal. Wir wussten nicht, nach welchen Kriterien wir ausgesucht wurden. Wir hatten auch keine Vermutungen. Deshalb strengten wir uns auch nicht in irgendeiner Weise an, um ausgesucht zu werden. Wir versuchten nicht, dünner, dicker oder breithüftiger zu erscheinen. Die Auserwählten waren sich nie ähnlich. Wir warteten nur und beteten: Mein Gott, bitte beschütze meine Mutter und mich. Mach, dass meine Wunden schnell heilen, damit ich weiter Geld verdienen kann. Und bitte, lass es mich sein, die in das Auto mit Flügeln einsteigt und wegfliegt. Amen.

Zweimal im Jahr also stieg irgendjemand in das Auto mit Flügeln ein und verließ uns. Von denen hörten wir nie wieder ein Wort. Aber wir alle wussten, dass es ihnen besser ging als uns. Nicht wussten, aber glaubten. So war es nun mal. Die Person, die ging, hatte immer Freudentränen in den Augen, die sie aber verbarg, bis der Wagen sich in Bewegung setzte. Weil sie Angst hatte. Da sie nicht wusste, was sie getan hatte, um ein Ticket für diese heilige Reise zu gewinnen, hatte sie Angst, im letzten Moment eine Störung zu verursachen, sodass sie sich umentscheiden. Raus aus dem Sumpf, um dann doch zurückzukehren … Das wäre nämlich schlimmer, als ein Leben lang dort zu bleiben. Viel schlimmer. Deshalb zitterten die Knie der auserwählten Person auf dem Weg zum Auto wie bei einem neu geborenen Lamm. Wenn sich das Auto endlich bewegte, wurde die schwindende Angst begleitet von schwindender Kontrolle über die Muskeln, und sie fing an zu weinen. Die enttäuschten Hinterbliebenen sanken etwas tiefer in ihren Sumpf, ignorierten ihre zerbrochenen Träume und hofften einfach weiter.

Ich war zwölf, als ich auserwählt wurde. Es war der letzte Tag im Juli – mein letzter Tag als Sitare. Im August würde ich an einem anderen Ort jemand gänzlich anderes sein; ein Mädchen ohne Wurzeln und ohne Namen. Aber wen kümmerte das schon? Ich war auserwählt. Gott hatte mich gehört. Ich würde auch in das geflügelte Auto einsteigen. Meine einzige Sorge war, dass ich meine Mutter in diesem Sumpf zurücklassen musste. Meine Mutter aber war nicht traurig, ganz und gar nicht. Also durfte auch ich nicht traurig sein – das wäre undankbar. Noch schlimmer, es könnte sein, dass ich den gnädigen Gott verärgerte. Meine Mutter hatte gesagt: »Wir werden uns noch mehr lieben, indem wir uns nicht sehen, uns nicht berühren, uns aber aneinander erinnern. Genauso wie wir Gott lieben.« Ich habe gehorcht und habe aufgehört zu weinen. Ich war kein undankbares Mädchen. Ich hatte auch nicht vor, es mir so kurz vor meinem Abgang mit Gott zu verscherzen.

In der letzten Nacht mit meiner Mutter haben wir trotz Julihitze, die nicht einmal freies Atmen erlaubte, ineinander geschlungen geschlafen, wie zwei Schlangen, die sich umgarnen. Meine Mutter nahm in dieser Nacht die unsichtbare Prostitutionskrone von meinem Kopf ab und sagte mir, ich sei auserwählt worden, weil ich wie ein Puma aussehe. »Dieser winzige Mund«, sagte sie, »diese riesigen, wassergrünen Augen, die in andere hineinsehen können … Du bist ein schwarzer Puma, Sitare. Möge dein Leben besser werden als das meine, mein Kind.« Meine Mutter lag in zwei Punkten falsch. Punkt eins: Die Insulaner hatten mich nicht ausgewählt, weil ich wie eine wilde Katze war. Im Gegenteil – der Zuständige, der sich als Herr Indigo vorstellte, hatte den absoluten Gehorsam in mir gesehen; er wusste vom ersten Moment an, dass sie mit mir machen können, was sie wollen. Punkt zwei: Mein Leben würde nicht besser werden als das meiner Mutter, die dreißig Jahre lang als Prostituierte gearbeitet hatte. Sie hatte die Krone umsonst von meinem Haupt genommen. Aber natürlich war mir damals nicht bewusst, dass wir kollektiv in ein Meer der Irrungen gefallen waren. Zum geflügelten Auto bin ich nicht als ein Lämmchen mit zitternden Beinen, sondern als ein stolzer Puma gegangen. Als das Auto sich bewegte, habe ich keine einzige Träne vergossen. Ich war ein schwarzer Puma und ich hatte meiner Mutter mein Wort gegeben: Ich würde niemals weinen und Gott niemals verärgern.

Ich erinnere mich noch sehr klar an den Moment, in dem ich die Insel zum ersten Mal von oben gesehen habe, und an das, was ich dabei gefühlt habe. Um ehrlich zu sein, war es eine kleine Enttäuschung für mich. Das geträumte Objekt ist ja immer schöner, solange man davon träumt, oder so ähnlich halt. Dass das, wovon Millionen von Menschen träumen, nur ein kleiner grüner Punkt mitten im Ozean ist, hatte mein Kinderkopf so nicht akzeptieren wollen. Warum auch immer hatte ich mir Ganna in einer riesigen leuchtenden und glitzernden Glasglocke vorgestellt. Vielleicht dachte ich, dass etwas so Wertvolles vom Dreck des restlichen Planeten abgesondert werden muss. Oder vielleicht war die Glasglocke aus einem Märchen, das mir meine Mutter erzählt hatte. Ich bin mir nicht mehr sicher. In der Realität gab es aber keine Glocke. Die Insel Ganna, die vor meinen Augen immer größer wurde, lag dort mitten im Ozean, einfach und ungeschützt.

Mein erster Aufenthalt auf der Insel war in einem Raum eines Krankenhauses. Hätte Herr Indigo nicht gesagt, dass wir in einem Krankenhaus sind, hätte ich gedacht, dass es eins der prunkvollen Hotels ist, von denen meine Mutter erzählte. Denn das mir zugeteilte Zimmer war schöner als das schönste Haus in meinem Land. An den Wänden gab es bewegliche Bilder. Sterne, die im Weltall funkelten, Asteroiden und ein Astronaut, der mir ab und zu zuzwinkerte. Ich fühlte mich wie der Kapitän eines Raumschiffes. Herr Indigo sagte mir, ich könne den Wandfilm ändern, wenn ich wollte, und mein Zimmer in ein U-Boot verwandeln. Ich habe ihn nicht gewechselt. Ich hatte auf unserer Scheißinsel genug Fische gesehen. Es tat gut, mir das Weltall anzuschauen. Ich hatte ein eigenes Badezimmer neben meinem Raum. Die Krankenroboter hatten mich zunächst mit stark riechenden Medikamenten und später mit Aromen von Blumen, deren Namen mir unbekannt waren, gewaschen. Diese Prozedur würden sie einen Monat lang jeden Tag wiederholen. Ich hatte außerdem ein riesiges, sauberes Bett. Es nahm die Form meines Körpers an, und wenn mir kalt war, wärmte es sich auf, und wenn mir heiß war, kühlte es sich ab. Ich kann mich noch sehr gut daran erinnern – an diesem ersten Tag hatte Herr Indigo mich gefragt, was ich zu Abend essen möchte. Ich konnte es nicht fassen. Es war eine Frage, die mir bisher niemand gestellt hatte. Ich wusste auch gar nicht, was ich mir wünschen konnte. Eine Stimme in meinem Kopf sagte »alles außer Fisch«, aber nach außen hin lächelte ich nur. Er sagte mir, dass Tante Magenta für mich das Beste aussuchen würde. Als ich fragte, wer Tante Magenta sei, sagte er: »Deine Mutter auf Ganna. Sie wird dir sowohl etwas zu essen als auch einen neuen Namen geben.« So habe ich meine Mutter auf Ganna, Essen, dessen Namen ich noch nie gehört hatte, und das neue Ich kennengelernt; ich war jetzt Star. Die Enttäuschung im geflügelten Auto war schnell vergessen. Das Paradies war echt und ich war da, obwohl ich nichts getan hatte, um es zu verdienen.

Ich blieb genau einen Monat lang im großen Krankenhaus. Einen Monat lang wurde mein Körper durch Impfungen von Dreck und Keimen gereinigt. Währenddessen stellte ich mir vor, dass ich vielleicht ein Roboter-Einhorn haben könnte. Auf Ganna wurden nämlich alle erdenklichen Replikate hergestellt. Neben den allgegenwärtigen Robotern konnte man auch Kopien von ausgestorbenen Tierarten oder auf Wunsch angefertigten mythologischen Wesen begegnen. Deshalb konnte auch ich sehr wohl Besitzerin eines Roboter-Einhorns sein, wie sie im Wandfilm im Krankenhauszimmer gezeigt wurden. Ein weiterer Punkt, in dem sich meine Mutter geirrt hatte: auch Einhörner waren echt. Hier konnte alles wahr werden.

Nachdem ich das Krankenhaus verließ, sind wir zu Tante Magenta nach Hause gegangen. Sie lebte in der obersten Etage eines Wolkenkratzers, mit drei weiteren Kindern aus der Dritten Welt, wie ich. Sie war auch ihre Mutter, genauso wie sie meine war. Sie zu sehen fühlte sich an, wie aus einem Traum aufzuwachen. Einen Monat lang hatte sich alles um mich gedreht. Mein neuer Name, Klamotten, die Inselkultur, welche die Roboterlehrer in kürzester Zeit in mein Gehirn hochluden, meine erfüllten Wünsche; all das hatte mir das Gefühl gegeben, schon immer hier gelebt zu haben und sogar das Wertvollste auf dieser Insel zu sein. Ich hatte ganz vergessen, dass es schon vor mir Auserwählte gegeben hatte. In dem Moment, in dem ich mit dem bitteren Lächeln in ihren Gesichtern konfrontiert wurde, spürte ich, wie die Erinnerungen, die ich verdrängt hatte, zurückkehrten; ich erinnerte mich, woher ich kam. Und das war das Allerletzte, was ich brauchte.

Meine Mutter hatte mir geraten, meine Vergangenheit zu vergessen, sobald ich Ganna beträte. Denn es gab keinen Platz für Vergangenheit im Paradies. Konnte dort Glück möglich sein, wo die Vergangenheit noch verweilte? Meine Vergangenheit war ein Land umgeben von einem Trauermeer. Die einstigen wenigen schönen Tage machten traurig, weil sie vorbei waren; Sehnsucht tat weh. Eine schmerzhafte Vergangenheit dagegen war ja an sich etwas Trauriges. Deshalb war es am besten, frühere Zeiten zu vergessen. Um voranzuschreiten, musstest du deine Wurzeln abhacken. Ich musste vergessen, dass es die Vergangenheit gab. Ich wollte zurück in mein Krankenhauszimmer. Ich wollte schreien! Zum Glück war Tante Magenta da, und das war das Einzige, was mich davor rettete, in dieser überraschenden Trauerwelle zu ertrinken. Mit einem großen Lächeln stand sie vor mir und erzählte, dass ich in meinem künftigen Leben noch viel schönere Zimmer als das im Krankenhaus sehen würde. Ich würde alles haben, was ich mir wünschte, auch ein Roboter-Einhorn. Natürlich musste es aber eine Gegenleistung geben. Ich musste alles tun, was man von mir verlangte, ohne Wenn und Aber. »Klar«, sagte ich, »ich werde alles tun.« Schließlich war ich auf der Paradiesinsel, das Schlimmste was man von mir verlangen konnte, war, dass ich meine Spielzeuge aufräume oder so etwas Ähnliches. Oder dass ich mich mit meinen neuen Geschwistern vertrage. Gut. Ich würde mich sicherlich daran gewöhnen. Stattdessen aber wurde ich drei Tage nach meinem Krankenhausaufenthalt in das Zimmer gebracht, in dem du und ich gerade sitzen, und mir wurde befohlen, mich auf das Bett dahinten zu legen, einen glühend heißen Spieß in meine Scheide zu stecken und währenddessen »Bitte nicht, Daddy!« zu schreien und zu weinen.

Ich hatte es Tante Magenta versprochen, also tat ich alles, was von mir verlangt wurde. Als ich in den Armen eines MediBots ins Krankenhaus getragen wurde, war das Letzte, was ich sah, bevor ich vor Schmerzen das Bewusstsein verlor, die Retro-BNS-Karte an der Tür. Dafür war die Karte da. Während Herr Beige zusah, wie ich mein Geschlechtsorgan brandmarkte, und sich dabei einen runterholte, hatte uns niemand, aber auch gar niemand gestört! Ich erinnere mich, wie ich auf meine Lippen biss, um nicht loszuschreien, während ich meinen eigenen Körper verbrannte. Herr Beige aber wollte in der Tat, dass ich schreie und heule. »Hier kann dich niemand hören, schrei ruhig«, hatte er gesagt. »Niemand kann uns stören.« Ich habe geschrien und niemand hat mich gehört. Fünf Jahre nach diesem Ereignis würde mein vor Schmerz zermatschtes Gehirn glauben, dass die Buchstaben auf dieser Karte magische Symbole sind, welche die Intimität des Rauminneren vor dem Draußen behütete, und ich fing an, sie zu sammeln – um mich eines Tages vor denen da draußen zu schützen. Sicherlich war mir damals, also damals, als ich zwölf Jahre alt war, die Monstrosität dessen, was mir passiert war, nicht bewusst. Ich wusste nicht, dass diese Ungeheuerlichkeit illegal ist und der Mann, der sie mir zufügte, ein Gesetzgeber. Fünf Jahre später würde ich erfahren, dass Herr Beige Gannas Minister für soziale Sicherheit ist.

Ich wusste, seitdem ich neun Jahre alt war, dass auf Ganna physische Prostitution verboten ist. Ich war aber auch nicht der Meinung, dass das, was ich in Hotelzimmern tat, Prostitution war. Magenta hatte mir, noch bevor sie mich in das Zimmer schickte, beigebracht, dass das, was wir tun werden, eine Art Hilfe ist. Die Onkel und Tanten, die uns in den Hotelzimmern erwarteten, waren gute Menschen, und sie brauchten unsere Hilfe. Sie hatten halt Schwächen, und wir mussten ihnen helfen. Nach dieser ersten Nacht, die ich mit Herrn Beige verbrachte, hatte ich im Krankenhaus Tante Magenta erzählt, dass das, was wir tun, der Prostitution in unserem Land ähnelte. Daraufhin warf sie mir einen stechenden Blick zu; und obwohl ich mir allein deshalb schon versprach, nie wieder das Wort Prostitution zu erwähnen, legte sie los. Was fiele mir ein, dieses Wort zu benutzen? Man könnte das nicht Prostitution nennen! Wir nahmen doch kein Geld an! Was hatte das mit Hurerei zu tun? Brauchte ich überhaupt noch Geld? Besaß ich nicht alles, was ich brauchte? Lebte ich nicht in Glück und Wohlstand mit meinen Geschwistern in einer hervorragenden Wohnung? Konnte ich nicht essen und anziehen, was ich wollte? Ich hatte sogar ein Roboter-Einhorn. Was für eine undankbare Göre ich doch war … Wollte ich lieber zurück in das Scheißloch von Land, aus dem ich kam, und stinkigen Fisch essen? Nein, nein, nein! Das wollte ich nicht. Auf gar keinen Fall. Nicht schon wieder. Ich würde alles tun, um nicht in den Sumpf zurückzukehren. »Bitte, bitte vergib mir, Tante Magenta. Ich bin dumm, ein dummes Kind. Es waren die Schmerzen … Ich werde alles lernen, ich verspreche es.« So kam das riesige Lächeln auf Tante Magentas Lippen zurück. »Schön«, sagte sie, »du bist ein sehr schlaues Kind, Star. Mach dir nichts aus deinen Wunden, sie werden schnell heilen. Du bist jetzt in Ganna.« Tatsächlich kam es auch so.

Die Wunden, die entstanden waren, als ich Herrn Beige *half,* heilten innerhalb von drei Tagen ab. Alles dank der Wundermedizin »Regen«, die in Ganna produziert wurde. Es war, als hätte ich eine neue Haut, als hätte es die Wunden nie gegeben, als wäre in dem Zimmer nichts passiert. Die Vergangenheit war vergessen. »Wie die Roboter«, dachte ich erleichtert. »Ich bin als wilder Puma gekommen und jetzt bin ich ein hilfreicher Roboter.« Wie schön für mich!

Ich habe an diese »Wir helfen nur«-Geschichte geglaubt, bis ich siebzehn Jahre alt war. Wie du siehst, habe ich keine Schwierigkeiten, bedingungslos Glauben zu schenken. Ich glaubte es, denn wenn ein Mensch aus einem Sumpf rauskommt, kann er zunächst glauben, dass der erste Boden, den er betritt, eine Oase ist. Zumindest versinkt er dort nicht, er kann stehen. Und wenn deine Füße erst einmal festen Boden betreten, wird es deine einzige Angst sein, erneut zu versinken. Ich würde nicht erneut versinken. Ich würde nicht in das grauenhafte Land zurückkehren. Ich hatte ein wunderbares Leben, und der Schmerz war nur die Gegenleistung. Mein Leben bestand nicht nur aus Schmerzen, das kann ich so nicht behaupten. Manchmal hielten die Leute, die meine Hilfe brauchten, meine Hände und weinten. Manchmal überhäuften sie meinen Körper mit Küssen und streichelten mich stundenlang. Ehrlich gesagt gefiel mir das sogar. Manchmal wollten sie nur reden und erzählten bis in die Morgenstunden von ihren existenziellen Ängsten. Genauso wie ich es jetzt tue. Das, was ich tue, ist aber anders als die Depri-Phasen dieser Greise, es ist weit mehr als das. Ich wiederhole, dies ist ein Manifest. Und ich stelle dieses Manifest in meinem Kopf zusammen seit dem Tag, an dem ich mit siebzehn diese Frau kennengelernt habe.

Ihr Name war Violett. Ich würde nie erfahren, wie sie tatsächlich heißt. Leute wie wir erfahren nie die richtigen

Namen der Menschen in Ganna. Und sie erfuhr nie meinen richtigen Namen. Als sie in mein Zimmer kam, stand sie für einen Moment an der Tür und schaute mich an, als stünde ich kurz vor meiner Hinrichtung. Ich hatte mich wie immer verbeugt und so unschuldig wie möglich »Willkommen, werte Dame« gesagt. Dann kam sie rennend auf mich zu und kniete vor mir nieder. Sie klebte an meinen Beinen wie eine Klette und fing an zu heulen. Das war mir noch nie passiert. Ich begann ihre Haare zu streicheln und sagte automatisch »Es geht vorbei, es wird wieder«, ohne zu wissen, was überhaupt wieder werden soll. Violett regte sich auf. »Lass das!«, sagte sie. Ich stoppte. Dann nahm sie meine Hände und hielt sie ganz fest. »Star«, sagte sie, als flehte sie mich an, »geht weg von hier. Erlaubt diesen Bürokraten mit ihren perversen Seelen nicht, euch umzubringen!«

Ich verstand nicht, wovon sie redete. Violett wollte nicht meine Hilfe. Sie erwartete gar nichts. Sie sagte nur, dass ich weglaufen, mich retten sollte. Ich verstand nicht, wovor ich fliehen sollte. Ich hatte ein gutes Leben, ich besaß alles was ich wollte. »Und Freiheit?«, fragte sie, »Und die Wahrheit?« Ich kannte die Bedeutung dieser Begriffe nicht. Daher brauchte ich sie auch nicht. Genauso wie Liebe und Sex – niemand hatte mir das beigebracht.

»Sie lügen euch an, Star« sagte sie. »Sie verheimlichen die Realität vor euch. Und euch verheimlichen sie vor der Welt. Es ist eine Illusion, dass ihr hinter verschlossenen Türen in einem Paradies lebt, in dem ihr alles besitzen könnt. Sie legen euch rein mit den ganzen materiellen Dingen, und letztendlich werdet ihr selbst auch zu einer Sache. Die Monster, die deinen Körper und deine Seele immer wieder aufs Neue verletzen, sind in Wirklichkeit die Schweine, die vermeintlich auf der Insel Straftaten verhindern und damit auf der ganzen Welt angeben. Alles Lügner! Alles Bestien! In deren Augen seid ihr nichts anderes als Dinge, glaub mir. Deshalb wird auch eines Tages Regen nicht ausreichen, um euch zu heilen. Das Verbrauchsdatum wird irgendwann ablaufen und ihr werdet altern. Warum möchtest du das nicht verstehen?«

Wie sollte ich das verstehen? Ihre Worte bedeuteten mir nichts. Ich würde doch nicht alt, nicht zerbrechlich werden. Die Leute, die sie Monster nannte, waren genauso wie sie, arme, hilflose Menschen, die Unterstützung brauchten. Sie waren die eigentlich Zerbrechlichen. Wie eine meiner Schwestern sagte, waren sie die Menschen, deren Seele krank geworden war. Weil sie hier alles besaßen, wussten sie nicht, was Schmerz bedeutete. Daher wurden ihre Seelen krank, weil letztendlich die Seele auch Schmerz braucht. Und deshalb brachten sie Leute wie uns, Leute, die Schmerz kannten, nach Ganna. Wir heilten sie. Ich glaubte das von ganzem Herzen. Ich tat hier etwas Gutes, ich war so etwas wie eine Heilige. Mit dem Unterschied, dass ich für meine Dienste mehr als ausreichend bezahlt wurde. Violett schrie: »Lügen! Sie haben dich mit einer Lüge reingelegt! In Wirklichkeit ist es deine Seele, die verkrüppelt ist!« Dann hatte ich gelacht. Ich konnte mir das nur so erklären, dass diese alte Hexe neidisch auf mich war. War sie nicht eine der Bürokraten, von denen sie da redete? Wie hätte sie sonst das Privileg, mich zu besuchen, bekommen? »Ja«, sagte Violett, ohne ihren Kopf zu heben, »aber ich halte diesen Dreck nicht mehr aus. Ich möchte raus aus diesem Meer aus Scheiße.«

Als die Leuchte der digitalen BNS-Karte erlosch und der Alarm läutete, der das Ende der Besuchszeit signalisierte, stand sie auf und sagte: »Ich werde an die Öffentlichkeit gehen. Ich werde diese perverse Sekte der ganzen Welt gegenüber anprangern. Und falls du tatsächlich denkst, dass du ein wunderbares Leben hast, versuche deinem Zuhälter zu sagen, dass du gehen möchtest, und schau nur, was dann geschieht.« Dann ging sie. Ich habe niemandem erzählt, was an dem Tag in diesem Zimmer passiert ist. Sie brachten mich ins Krankenhaus und behandelten mich umsonst mit Regen. Aber Regen würde nie die Wunde der Zweifel heilen können, die mir Violett mit dem Dolch der Wahrheit zugefügt hatte.

Ihre Worte haben mich tagelang beschäftigt. Die meiste Zeit versuchte ich mir weiszumachen, dass sie einfach nur verrückt war. Trotzdem bekam ich ihre Stimme nicht aus meinem Kopf. Um diese Stimme zum Verstummen zu bringen, habe ich sogar die Ganna'sche Droge Farmus ausprobiert. Mit Farmus fühlte ich mich so stark und energisch wie nie zuvor, und ich hörte die gehassten Stimmen nicht mehr. Ich sah die Welt, wie ich sie mir vorstellte, ich hörte alles, wie ich es wollte; Farmus war ein Wunder. Als die Wirkung aber nachließ, war ich noch schwächer und wehrloser als vorher. In diesen wehrlosen Momenten hatte ich nur Violetts Stimme in meinen Ohren. Zum Beispiel wenn Herr Beige mich würgte und ich nur Sekunden vom Tod entfernt mein Bewusstsein verlor und er just in diesem Moment kam, hörte ich nicht seine Lustschreie, sondern das bittere Schluchzen von Violett. Laut Violett war ich eine Hure. Ich hatte meine Mutter umsonst verlassen. Mein Schicksal war schlimmer als das ihre, weil meine Mutter – auch wenn die Umstände ihr nicht so viele Optionen geboten hatten – sich immerhin selbst für die Prostitution entschieden hatte. Es war nicht die Prostitution an sich, die erniedrigend war, sondern die Tatsache, dass jemand anderes das für mich entschieden hatte. Das hatte Violett gesagt. Sie hatte immer wieder von einer Wahl gelabert.

Die Wahl, die Wahl, die Wahl … Ich habe tagelang über dieses Wort nachgedacht. War das überhaupt möglich? Sein eigenes Leben wählen zu können? Das, was man Freiheit nennt? Was würde ich denn überhaupt wählen? Was kannte ich schon? Wie war das echte Leben? Wie sollte es sein? Und was war schon Wahrheit? Hatte Violett recht? Ich sehnte mich danach, sie noch einmal zu treffen. Auch wenn ich nicht alles, was sie gesagt hatte, glaubte, wenn all diese Worte zusammenkamen, bildeten sie eine andere Geschichte als die Märchen, die mir vorher erzählt wurden. Menschen interessieren sich immer für neue Geschichten. Auch ich kratzte ständig an der Wunde des Zweifels in mir, um sie nicht verkrusten zu lassen. Ich konnte an nichts anderes denken als an Violetts Geschichte.

Ein paar Monate später fragte ich Magenta, wer Violett ist und warum sie mich nicht noch einmal sehen wollte. Sie schlürfte an ihrem Kaffeeersatz und sagte: »Sie kann dich nicht mehr wollen, Süße.« Violett wurde wohl drei Tage nach unserem Date in ihrem Palastzimmer mit einer Spritze in ihrem Arm und mit einem Ausdruck von Todesangst in ihrem Gesicht gefunden. Magenta sagte, dass sie sich laut Nachrichten eine Überdosis Regen verabreicht hatte und ihre Zellen dadurch wie Luftballons geplatzt seien. Violett war tot.

Nachdem Violett getötet worden war – ja, ich war mir dessen sicher –, wuchs der Zweifel in mir. Ich erinnerte mich an Zeiten, in denen ich ein kleines Kind war – wann immer ich bei den Streitereien mit meinen älteren Brüdern recht hatte, stopfte mein Vater mir das Maul. Denn er wollte die Wahrheit nicht hören. Die Wahrheit beunruhigte ihn nur. Auch Violett war jetzt für immer das Maul gestopft worden. Sie hatte also recht. Aus diesem Grund nahm ich ihren letzten Rat an und sagte zu Magenta, dass ich gehen möchte: »Ich möchte meine eigenen Entscheidungen treffen.« Nach dieser Aussage musste ich am eigenen Leib erfahren, dass die süße Magenta sadistischer war als alle meine *Freier* zusammen.

Zuerst wurde ich in ein dunkles Zimmer eingesperrt. Dann schlugen sie mich. Nach und nach brachen sie meine

Finger. Sie gaben mir keinen Regen. Sie gaben mir tagelang nichts zu essen und zu trinken. Sie zwangen mich, meine eigene Pisse zu trinken. Ich flehte sie an, mich gehen zu lassen. Langsam verlor ich meinen Willen, ich glaubte an kein Märchen mehr. Ich konnte es nicht mehr, auch wenn ich wollte. Und wenn du nicht mehr glaubst, hast du keinen Grund mehr weiterzumachen. Ich wollte zurück in meinen Sumpf. Ich wollte zu meiner Mutter. Ich hätte alles aushalten können, wenn sie nur bei mir gewesen wäre. Sie sagten mir aber, dass ich nie wieder zurückkehren konnte. Der einzige Weg für mich, um von dieser Insel wegzukommen, war der Tod. Ich bat sie, mich zu töten, wie sie Violett getötet haben. Doch sie töteten mich nicht. Herr Beige würde das nie erlauben. Alles was ich wollte war, meine eigenen Entscheidungen zu treffen, aber jetzt konnte ich überhaupt nichts mehr wählen, nicht einmal mein Essen. Ich war fest davon überzeugt, dass ich den Rest meines Lebens – die Zeit, die mir nach dem Dreck, den ich in Hotelzimmern erlebt hatte, übrig blieb – in einem dunklen Keller mit zwei gigantischen Wächtern vor meiner Tür verbringen würde. So kam es aber nicht. In der Zeit danach fing ich an, die Türkarten und die Freiheitsträume zu sammeln, der ganzen Welt auf meine leise Art »Bitte nicht stören« zu sagen …

Die folgenden Tage verliefen fast gleich. Acht Tage im Monat ging ich in Hotelzimmer wie dieses, begleitet von diesen Wichsern von Wächtern. Ich legte mich unter die Crème de la Crème der Insel Ganna wie ein Stück Kuchen, und ich tat alles, was diese Monster von mir verlangten, ohne Wenn und Aber, um danach in privaten Krankenhäusern meine Dosis Regen zu bekommen. Danach wurde ich in meine dunkle Zelle zurückgebracht. Nur wenn meine Kunden es verlangten, konnte ich meinen Mund öffnen. Ich durfte mit niemandem reden, kein Fernsehen gucken, keine

Bücher lesen, nicht ins Internet. Vor dem Rest der Welt versteckt wie eine armselige Lüge wurde ich kontaktlos isoliert. Ich hatte nichts außer meinen Karten. Immerhin erkannte ich in dieser Zeit die Wahrheit. Ich lag falsch und meine Mutter hatte recht – ich war ein Puma und meine Augen konnten in diese Monster hineinsehen. Acht Jahre lang habe ich in meinem Kopf die Wörter von Violett wiederholt. Dabei habe ich vorsichtig die furchtbare Realität aus den Augen der Monster gelesen, als würde ich ein verbotenes Buch lesen. Wie eine zahme Katze habe ich mich in ihre Arme geschlichen und sie bis auf ihre Knochen kennengelernt. Von jedem Einzelnen habe ich etwas anderes gelernt. Wer hätte es gedacht, ich habe sogar das Verliebtsein kennengelernt! Einer von ihnen war in mich verliebt – Herr Grau. Er war aber zu feige, um die Frau, in die er verliebt war, zu retten. Ihn habe ich am meisten gehasst. Trotzdem hat er mir so einiges beigebracht. Danke dafür, Herr Grau!

Nun kommt die Wahrheit, die ich zuvor erwähnte. Die Regierenden von Ganna sind primitive Ungeheuer, die ihr eigenes Volk und den Rest der Welt mit einer Geschichte von modernem Humanismus einlullen, diese Masken aber hinter den Kulissen abnehmen. Angeblich haben sie alle *Straftaten* – inklusive Prostitution – eliminiert, die schwersten, schlechtesten Arbeiten den Robotern übertragen, die ja nur Objekte sind, damit Menschen die Möglichkeit bekommen, wie Menschen zu leben. Als jegliche Form von Prostitution und Pornografie verbannt und nicht mehr offiziell registriert wurde, hatten die radikalen Feministinnen fest an einen Sieg geglaubt; der menschliche Körper – zumindest der von *echten* Menschen – würde nie wieder wie ein Objekt behandelt werden. Menschen konnten mit Robotern alles anstellen, was sie wollten; Roboter konnten sich nicht wehren. Die einzige Sache, mit der die Radikalen und die anderen Einfaltspinsel nicht rechnen konnten, war, dass Roboter auch keinen Schmerz empfinden können, und allein aus diesem Grund niemals diejenigen befriedigen können, die das Monströse in sich ausleben wollen. Denn das bisher ungeheilte Bedürfnis, gewalttätig zu sein und Schmerz zufügen zu wollen, kann nicht befriedigt werden, wenn kein Schmerz, keine Angst und kein Entsetzen in den Augen des Geschädigten zu sehen ist. Der Gewalttätige muss sichergehen, dass er auch tatsächlich Schmerz verursacht. Was sonst war der Sinn der Sache? Und genau dieses Bedürfnis können Roboter nicht stillen. Auch Robotermodelle, die die Fähigkeit haben, menschliche Gefühle nachahmen zu können, können keinen echten Schmerz simulieren. Deshalb brauchten sie mich und andere wie mich. Die Sitares, deren Hautfarbe anders war und die daher ohne schlechtes Gewissen *verdinglicht* werden konnten. Du. Auch wenn jede einzelne Zelle von dir identisch zu meinen wäre, könntest du das nicht, Star. Du, ein ProstiBot, ein KlonBot. Auch wenn du alles besser machen kannst als ich, kannst du echten Schmerz und echte Angst nicht nachahmen. Trotzdem fühlt es sich gut an, dich hier zu haben. Du bist meine Fahrkarte weg von hier, mein Manifest …

Es war nicht einfach, dich zu bekommen, Star. Ich plane dieses Treffen seit zwei Jahren und ich konnte es endlich verwirklichen, und das nur dank der Gelüste von Herrn Beige, die mich seit dreizehn Jahren Stück für Stück umbringen. Welche Ironie! Ich traf ihn zweimal im Monat, immer montags um sechs Uhr abends in diesem Zimmer. Nach dreizehn Jahren verschiedener Schmerzversuche war er zu dem Entschluss gekommen, dass seine Lieblingsbeschäftigung das Würgespiel ist. Er hatte nämlich verstanden, dass nach all den Versuchen das Würgen mich am meisten in Angst und Schrecken versetzte. So hatte er auch eine Wahrheit über sich selbst gelernt: Er mochte Angst statt Schmerz in den Augen seiner Hure sehen. Die Angst machte ihn an. Ich glaube, so fühlte er sich wie ein Gott. Er setzte sich auf meinen Bauch und fixierte meine Arme mit seinen Beinen, wickelte seine riesigen Hände um meinen Hals und beobachtete mit Lust, wie mein Kinn sich erhob, wie meine Augen durch Entsetzen größer wurden. Als sei das Ganze ein Kunstwerk. In Ehrfurcht hörte er dem Röcheln aus meinem Hals zu, als sei es eine Symphonie. Eine Sekunde vor dem Tod, wenn sich meine Augen bereits schlossen, ließen seine Hände locker. Nicht aus Mitleid, sondern damit er mich erneut und immer wieder töten kann. Das war auch der Grund, warum er mich vor dem Hungertod im Kerker rettete. Er hatte es nicht zugelassen, dass sie mich umbrachten. Das wollte er immer wieder selbst machen.

Heute war sein Geburtstag, wusstest du das? Klar, weißt du das. Du wurdest geschaffen für heute. Für die spektakuläre private Geburtstagsparty von Herrn Beige. Er hatte beim letzten Mal, als wir uns trafen, einen außerordentlich emotionalen Tag. Nachdem er aus der Dusche kam, legte er sich zum Kuscheln erneut zu mir ins Bett. Normalerweise verließ er das Zimmer sofort nach der Dusche. An dem Tag aber nicht. Er streichelte meine Haare mit Händen, die mich vor zehn Minuten stranguliert hatten. »Wünsch dir was von mir, Star«, sagte er. »Seit so langer Zeit sind wir zusammen, und du hast dir, außer diesen dummen Karten, nie etwas von mir gewünscht.«

›Ja!‹, jubelte die Stimme in meinem Kopf. ›Endlich der Tag, auf den du so lange gewartet hast!‹ Ich sagte Herrn Beige, dass es mein einziger Wunsch sei, ihn glücklich zu machen. Ich dachte mir schon, dass er mir nicht glaubte. Er sagte, ich könnte aufhören zu spielen, wir wären schließlich alte Freunde. Er wollte, dass ich ehrlich zu ihm bin. »Dann hör mir zu«, sagte ich. Ich duzte ihn zum ersten Mal. »Ich möchte tatsächlich nichts anderes, als dich glücklich zu machen, weil …«

Hier machte ich eine Pause, gab meiner Stimme ein kleines Vibrato und entgegen dem Versprechen, das ich meiner Mutter gegeben hatte, fing ich an zu weinen. »Weil ich dich liebe.«

Herr Beige erstarrte wie eine Marmorstatue. Vielleicht hatte diese Drecksau diese Worte noch nie in ihrem Leben gehört. Es war vielleicht sogar das erste Mal, dass er diese Worte hörte, und das auch noch von einer Frau, die er wöchentlich folterte. Er war beeindruckt. Ich andererseits bereitete mich seit zwei Jahren auf diesen Moment vor. Ich wusste genau, dass ich ihn beeindrucken würde. Herr Beige zwang sich ein Lächeln ab, um seinen idiotischen Gesichtsausdruck zu vertuschen. Er nahm meine Wange in seine Hand. »Mein kleiner Engel. Natürlich liebst du mich. Und Daddy liebt dich.« Ich lächelte mit Freude und trocknete meine Tränen an der Bettwäsche. Dann sagte ich, dass es da doch etwas gibt, was ich mir wünsche. Er horchte aufmerksam. Er wollte das unerwartete »Ich liebe dich« sofort abbezahlen. Und so wünschte ich mir dich, Star.

Ich sagte ihm, dass ich eine tolle Idee für seine Geburtstagsfeier habe: Wir würden von GNN Robotics, also deiner Firma, einen ProstiBot bestellen, der eins zu eins meine Kopie war; eine Star-Replika. Ich wusste, was GNN Robotics machen konnte – Herrn Grau sei Dank! Nun, während wir unser tödliches Sexspiel spielten, solltest auch du dabei sein. Es sollte diesmal nicht Herr Beige sein, der mir Angst und Schrecken zufügte, sondern du. Ich sagte ihm, dass ich auf der ganzen Welt vor nichts mehr Angst hätte, als vor menschlichen Replika. Wenn ich einem *Objekt* begegnen würde, das genau so aussähe wie ich, würde ich vor Angst meinen Verstand verlieren. Nichts auf der Welt würde mich so dermaßen erschrecken wie solch eine Begegnung. »Dazu kommt noch, dass sie mich an deiner Stelle würgen wird. Und du kannst in meine Augen schauen und die größte aller

Ängste sehen. Stell dir nur das Ergötzen vor! Ich zittere allein schon beim Gedanken, merkst du es auch?« Es war schon was Wahres dran, dass ich Angst vor dir hatte, furchtbare Angst. Du bringst meine komplette Welt durcheinander, und ich kann mich nicht an eine Welt mit dir gewöhnen. Es fühlt sich falsch an, sehr falsch! Niemand sollte sich selber so konfrontieren müssen … Aber egal. Jetzt verstehst du vielleicht, warum mir bei deinem Anblick übel wird. Trotzdem werde ich dieses Gefühl ein letztes Mal ertragen. Ich werde dich bis zum letzten Moment nicht aus den Augen verlieren und danach werde ich von all meinen Ängsten befreit sein. Ich kämpfe sowohl gegen die da draußen als auch gegen mich selbst. Vergiss das nicht.

Und ich habe es geschafft, Star. Meine Angst hat mich gerettet. Als Herr Beige meine Idee hörte, erröteten seine Augen vor Begierde. Er war nicht mehr in der Lage, klar zu denken. Auf der Stelle schickte er meine Fotos und Videos an GNN und gab die Bestellung auf. Er erschuf dich, damit ich vor Schreck sterben würde. Welch ein grausamer Gott.

Was danach passierte, weißt eigentlich auch du. Ich werde mein Manifest aber nicht unvollendet lassen. Ich erzähle diese Geschichte nicht zu deiner Unterhaltung. Dies ist kein Märchen.

Vor etwa einer Stunde wurdest du von GNN Robotics-Lieferanten in einer Schachtel wie eine überdimensionale Barbiepuppe in unser Liebesnest geliefert. Als die gute Gastgeberin, die ich bin, musste ich vorher hier sauber machen. Ich habe die Regen-Injektionen, die ich im Krankenhaus gestohlen habe, dem Geburtstagskind in die Halsadern gestochen und habe sein ekelhaftes Leben an dem Datum beendet, an dem es begann. Währenddessen befahl ich ihm zu schreien. »Es kann uns hier niemand stören«, sagte ich. »Schrei, so viel du willst!« Er schrie. Er flehte. Aber niemand hörte ihn. Ich habe mehrmals seine Hände angespuckt, die er mir im Flehen um Hilfe entgegenstreckte. Ich schlug, schlug, schlug immer wieder seine Wangen, die durch seine Tränen pitschnass geworden waren. Du wirst es nicht glauben, wie dieser riesige Mann hilflos zappelte, Star. Wie er sich schlängelte wie ein Erdwurm und qualvoll starb … Vor dreizehn Jahren hatte er mir in diesem Bett befohlen, »Bitte nicht, Daddy!« zu schreien und zu weinen. Als er starb, tat er genau das. Interessant, nicht wahr, Star?

Unsere Zeit läuft ab. Ich muss dir noch erklären, was ab jetzt passieren wird. Du kannst dich jetzt ausziehen. Ich brauche nämlich deine Klamotten. Bitte zieh dich aus.

Wenn unsere Zeit vorbei ist, wird das BNS-Licht an der Tür erlöschen. Zunächst werden deine Leute an die Tür klopfen; die Lieferanten. Bevor sie dies tun, werde ich die Schachtel, in der eigentlich du sein solltest, vor die Tür stellen. Du sollst aber die Tür öffnen und ich werde in der Schachtel sein. Sie werden mich durch die durchsichtige Fassade der Schachtel sehen und mich ohne den Hauch eines Zweifels ins GNN-Robotics-Depot mitnehmen. Ich glaube, es ist durchaus machbar, ein paar Minuten lang bewegungslos wie ein gefühlloser Roboter zu sein. Tue ich das ohnehin nicht schon? Wenn ich schon so lange vor dir sitzen kann, kann ich es doch auch schaffen, meine Angst vor denen zu kontrollieren, oder?

Nachdem die Lieferanten mich an deiner Stelle mitgenommen haben, wird die hagere Assistentin von Herrn Beige eine Zeit lang ungeduldig vor der Tür warten. Sie wird ständig auf ihre Uhr schauen, weil Beige heute zur Kabinettssitzung muss. Nach einer gewissen Zeit wird sich die Assistentin Sorgen machen und sich vor dem Dilemma finden, entweder Herrn Beiges wütendes Gebrüll zu ertragen oder das Risiko einzugehen, dass er zu spät zur Kabinettssitzung kommt. Sie wird sich für Ersteres entscheiden. Mit zitternden Händen wird sie an die Tür klopfen. Diesmal wirst du sie aber nicht öffnen, du wirst warten. Die Sorgen der Assistentin werden sich langsam in regelrechte Angst umwandeln. Sie wird noch ein paarmal an die Tür klopfen. Du wirst sie wieder nicht öffnen. Diesmal wird sie in Panik geraten und Herrn Beiges riesigen Bodyguards Bescheid geben. Die Giganten werden die Tür aufbrechen und reinkommen. Sie werden im Bett ihren leblosen Minister und ihm gegenüber dich in meinen Klamotten finden. Nach einem Moment des Erstaunens werden sie ohne Zögern ihre Taser herausziehen und dich beschießen. Du wirst einfach nur so dastehen – es wird dir nicht wehtun, du wirst keine Angst haben, du wirst keine menschlichen Regungen zeigen. Genau wie ich. Du siehst doch, du und ich, wir beide sind jetzt dasselbe *Ding*, genau dasselbe. Violett hatte recht, nicht wahr? Letztendlich haben sie es geschafft, mich zu verdinglichen. Aber jeder Sieg hat einen Preis, Star.

Du wirst nicht sterben. Wenn sie sehen, dass du nicht stirbst, werden sie sogar noch mehr erstaunt sein. Inzwischen werden die Geräusche der Taser und die heftigen Schreie der Assistentin die Hotelmitarbeiter und neugierige Hotelgäste anziehen. Sie werden endlich kapieren, dass du ein Roboter bist. So wird sich unter den Gannaern, die ihr Leben den kalten, aber fürsorglichen Händen der Roboter anvertrauen, eine schreckliche Angst verbreiten.

Nach dem ersten Schock werden die Assistentin und die Giganten dahinterkommen, dass ich es war, die den Minister getötet hat und mit den GNN-Lieferanten entflohen ist. Bis sie aber die Lieferanten erreichen, wird sich – dank der neugierig gaffenden Hotelgäste – das Gerücht, dass ein Roboter des größten und verlässlichsten Robotic-Unternehmens einen Minister getötet hat, wie ein Virus auf der Insel verbreiten.

Magenta und die Freier werden wie von Sinnen nach mir suchen. Währenddessen werde ich auf die Straße gesprungen und, wer weiß, vielleicht schon am Hafen angekommen sein. Sie werden dich auf der Stelle zu einer GNN-Sonderabteilung bringen und dich untersuchen. Die Kabinettssitzung wird natürlich abgesagt. Stattdessen wird eine Eilsitzung in der obersten Etage des GNN einberufen. Wenn deine Memory-Karte entnommen wurde und abgespielt wird, werden alle Firmenvertreter, Mitarbeiter der Intelligenz und Bürokraten meine ganze Geschichte erfahren. Sie werden sofort versuchen, die Wahrheit zu vertuschen, damit ihr Untergrund-Prostitutionsring nicht ans Tageslicht kommt. Sie werden alles unternehmen, um die Memorykarte und meine Geschichte zu vernichten. Währenddessen wird sich die Geschichte des »Killerroboters« übers Internet auf der ganzen Welt verbreiten. Ach, ich liebe dieses Zeitalter so sehr, in dem nichts für immer verheimlicht werden kann, Star! GNN Robotics wird mit jeder Sekunde Geld und Prestige verlieren. Die Firmenvertreter und die Bürokraten werden aneinandergeraten. GNN wird Versuche unternehmen, seinen Namen reinzuwaschen und der ganzen Welt zu erklären, dass es kein Roboter war, der den Minister getötet hat, sondern ein Mensch aus der Dritten Welt. Sie werden in Erwägung ziehen, meine Geschichte öffentlich zu machen, um wieder an Glaubwürdigkeit zu gewinnen. Die Bürokraten werden natürlich vehement dagegen sein und behaupten, dass Gannas Image in der Welt auf dem Spiel steht. Letztendlich wird zweifelsfrei die Regierung gewinnen und deine Memorykarte zusammen mit meiner Geschichte vernichten. Zumindest werden die Bürokraten das glauben. Denn sie wissen nichts vom geheimen Back-up, dessen Existenz nur GNN-Robotics-Vertretern und meinem lieben Loverboy, GNN-Ingenieur und Laberbacke Herrn Grau, bekannt ist. Dieses dient dazu, dass deine Firma Zugriff auf die geheimsten

Informationen des ganzen Volkes hat. Es tut mir leid, dass ich deinen Tod verursacht habe, Herr Grau. Aber du hast mir dasselbe angetan …

Nichts auf dieser Welt ist so wertvoll wie das warme Geld in deiner Hand, Star. Sie werden alles in ihrer Macht Stehende tun, damit sie es niemals verlieren. Um zu beweisen, dass ein Roboter einem Menschen niemals schaden kann, wird GNN Robotics das Back-up ins Internet leaken. Erst dann wird die ganze Welt meine Geschichte hören. Diese Geschichte, Star, die Geschichte dieses einfachen Drittwelt-ler-Mädchens wird so manchem richtig wehtun. Das ist der Grund, warum du hier bist.

Wir haben keine Zeit mehr. Wir müssen los. Gut. Jetzt siehst du genauso aus wie ich. Vergib mir, dass ich deine Hand nicht schüttele, aber wie ich bereits sagte: Ich ekle mich vor dir. Denn ich ekle mich vor mir selbst. Ich bin eine Mörderin. Es ist nun mal so, ich bin jetzt so befleckt wie sie, und nicht mal du kannst diesen Fleck reinigen. Aber du, mein Spiegelbild, meine Replika, meine Retterin, mein Manifest – du wirst etwas Besseres für mich machen. Du wirst dafür sorgen, dass ich an einem ungestörten Ort erneut Sitare sein kann. Du wirst dafür sorgen, dass ich mir meinen Namen zurückhole. Du wirst mich aus diesem Meer aus Kacke herausziehen. Du, Star, wenn du mit der Wahrheit in dir die riesige Lüge Ganna beendest, wirst eine neue Ordnung einführen. Und ich werde dort, wo ich bin, neu anfangen.

Mach's gut!

Onur Selamet

Die Ohrfeige

Die Wikinger suchten dieses Stück Land nie auf. Nie sahen sie das Wrack des Bootes am Seeufer. Auf die Narbe in meinem Gesicht wurde nie ein stolzer Trinkspruch ausgebracht. Mir flüsterte niemand zu, dass mein Vater mich in den Hallen Walhallas erwartet.

Mein Zeitalter und auch diese Landstriche erinnern sich nicht an Zeiten, in denen das Leben mit Gefühl und Begeisterung gelebt wurde. Sie glauben nicht an giftige Tentakel von riesigen Tintenfischen. Sie verstecken den Tod in Zufällen, sie stecken die Einsamkeit ins Schicksal.

Erwartet wurde von mir, dass ich das Schwert aus dem Stein herausziehe. Dass ich den Oktopus als Vorspeise auf die Tafel bringe. Dass ich ein Mann werde und das Universum rette. Dass ich zu einem steinharten Helden werde. All das wurde von mir erwartet.

Ich ging aber nicht dorthin. Obwohl meine Mission nicht weit von mir entfernt war, ging ich nicht dorthin und konnte den Weltuntergang nicht verhindern. Andere Helden spielten das Spiel bereits an meiner Stelle. Mein Recht auf das Steuer gab ich schon mit vier Jahren auf. Danach lebte ich dreizehn Jahre mit dem Mörder meines Vaters. Ich trug seinen Gestank an mir. Ich versuchte, mein Entsetzen in

Spiegeln zu verstecken. Beim ersten Fehler aber wurde ich zum Gekreuzigten.

An meinem siebzehnten Namenstag haben wir uns erneut getroffen. Diesmal wollte er ein vertrauliches Gespräch führen. Ich konnte jedoch nicht unter Wasser reden. Und er hörte mir ohnehin nicht zu.

Mit dem Boot auf den See zu fahren war ein Ritual von meinem Vater und mir. Er schloss seinen Buchladen im Dorf, holte mich ab und ruderte bis in die Mitte des Sees. Er angelte nicht. Manchmal las er in einem Buch, die meiste Zeit aber beobachtete er die Wellen auf dem See und kritzelte Notizen. Ich erinnere mich noch sehr gut an diesen Tag. Alle Gläser im Haus waren schon zerschmettert. Der Streit zwischen meinen Eltern wurden immer schlimmer, und deshalb waren wir jetzt auf dem See, obwohl ein Schneesturm erwartet wurde. Dampf aus unseren Mündern. Ich kann nichts anderes aus meinem Mund bringen als Dampf.

Der Schneefall ist anfangs sanft und die Flocken schmelzen, sobald sie landen. Allmählich färben sich die unbenutzten Stellen des Bootes weiß. Ich versuche, die Flocken mit meiner Zunge aufzufangen. Das Chaos zu Hause ist schon längst vergessen. Mein Vater sitzt still, vertieft seinen Blick im dunklen Gewässer. Ich habe wenige Optionen, um seine Aufmerksamkeit auf mich zu lenken, und eine davon ist, ihn mit einem selbst gemachten Schneeball zu bewerfen. Eine selbst gemachte Bombe, so groß wie eine Faust, halbfest. Ich hätte nicht gedacht, dass er es überhaupt spüren würde. Er spürte es und ich bekam die erste Ohrfeige meines Lebens. Ich war vier. Bis zur zweiten Ohrfeige war noch etwas Zeit. Diese würde unvergesslich sein.

Ich wollte ihn doch nicht im Gesicht treffen, ich wollte nur, dass er mich bemerkt. Schau her, ich bin hier. Was zu

Hause war, ist zu Hause geblieben. Lass uns den Albtraum nicht in die Welt der Fische tragen. Lass uns einander Märchen erzählen, die nicht grau und dunkel sind. Lass uns an Freude auf anderen Welten glauben. Lass uns nach Wegen suchen, die Wahrheit wegzudenken.

Es tut ihm leid. Trotzdem sagt er kein Wort. Er schaut in die Ferne und schweigt. Er blättert in den Büchern, die er mich bis zum Bootshaus tragen ließ. Es schneit immer mehr. Die Ohrfeige spüre ich durch den beißenden Wind noch intensiver. Die Röte auf meinem Gesicht breitet sich aus wie Tinte im Wasser. Es fühlt sich an, als sei das einzige Ziel der Schneeflocken meine schmerzende Wange. Ich greife zu einem der Bücher. Wenn die Schrift groß genug ist und die Wörter nicht zu altmodisch, dann kann ich schon lesen.

Mein Vater beschäftigt sich mit klein gedruckten Buchstaben und alten Sprachen. Ich spüre: Alles dient einem *hehren* Zweck. Dieses Wort *hehr* ist das älteste Wort, das ich kenne. Während ich Bücher lese und auf dem Wasser schaukele, möchte ich keine Ungewissheiten mehr, aber ehe ich etwas sagen kann, befiehlt er mir erneut zu schweigen. Mein Vater untersucht in dem Buch auf seinem Knie eine Landkarte. In seiner Hand einen Zirkel. Ich verstehe nicht, wofür er den braucht. Die Spitze mit der Nadel zerkratzt die vergilbten Seiten des Buches.

Das plötzliche Anbranden von Wellen. Der Kreis des Zirkels ist nicht mehr perfekt. Mein Vater fixiert die Seite im Buch mit seinem Finger und dreht sich dem Wasser zu. Es ist Zeit. Erst treffen die Schneeflocken auf den Schaum, danach begrüßen wir den Verursacher des Schaums. Wenn lila Tentakel aus dem Wasser aufsteigen, fühlt es sich so an, als würde mein Herz gleich explodieren. Vier Arme umschlingen das Boot, zerren uns Richtung Ufer. Mein Vater hält sich am Rand des Boots fest und steht auf. Er hält in seiner Hand eine

Eisenstange und schlägt damit der Reihe nach auf die Tentakel. Die Antwort erfolgt in Form von Hieben, die gegen den Bootsrumpf krachen. Einer der Tentakel zieht sich zurück ins Wasser, die anderen drei erschlaffen.

Alles steht still. Die vergehende Zeit ist so lang, dass wir schon zu hoffen wagen, dass er verschwunden ist. Urplötzlich spritzt das Wasser in Richtung Himmel und spült den Schnee an uns ab. Da erscheint er vor uns, der Oktopus, in all seiner Pracht. Sein Körper ist so groß wie ein eingeschossiges Haus. Im Vergleich zu seinem Kopf fallen seine Tentakel etwas zu dünn aus, aber ich zweifle nicht an seiner Kraft. Dies ist sein Königreich.

Wie mein Vater dort steht und tief atmet, ähnelt er einem Piraten, der die Schatzinsel, an die niemand glaubt, als Sieger verlässt. Neben dem Oktopus sieht die Eisenstange in seiner Hand lächerlich klein wie eine Zahnbürste aus. Aber er will sie ohnehin nicht einsetzen. Er möchte kommunizieren. All seine Recherchen, seine Landkarten, seine Bücher – das alles läuft auf diesen Moment hinaus.

»Warum?«, fragt mein Vater. Ich verstehe diesen Teil seines Vorhabens nicht. Erwartet er etwa, dass das Biest antwortet? Was soll das für eine Konfrontation sein?

Warum es meine Mutter nicht in Frieden lasse, war seine Frage. Es vergifte ihre Träume, ihre Haut, ihren Geruch. Er stellt noch weitere Fragen, ich verstehe die meisten aber nicht. Den Oktopus interessieren die Fragen nicht, er ist vielleicht sogar wütend. Hätte er eine Stirn, würde er sie runzeln. Hätte er Zähne, würde er mit ihnen knirschen. Aber Arme hat er. Er greift von allen Seiten nach dem Körper meines Vaters und hebt ihn hoch. Der Oktopus sieht aus wie ein Weltmeister, der seinen Pokal stolz in die Luft hebt.

Jetzt wird es schwierig. Mein Vater verlangt von mir, mich auf das Buch zu konzentrieren und die Schriften auf der

Karte laut vorzulesen. Wegen der Wellen, des Salzwassers und des Schattens der Tentakel, die über uns tanzen, schaffe ich es nicht, das Buch zu lesen. Dazu kommen noch die kleinen Buchstaben und die alte Sprache.

Die Gedanken, die in dem Moment durch meinen Kopf rasen, überwältigen mich. Dieser Teufel wird meinen Vater mitnehmen. Ich werde allein bei meiner Mutter bleiben müssen. Dieser Gedanke macht alles noch schlimmer. Ich suche nach der erstbesten Waffe und greife mit dem Zirkel den langsam im Wasser verschwindenden Oktopus an, während ein Schrei meinen zugeknoteten Hals löst. Dieser Laut, der mir fremd erscheint, aber von meinen eigenen Lippen kommt, erschreckt mich. Ich steche mehrmals die Spitze meiner Waffe in die Saugnäpfe. Die Enttäuschung in den Augen meines Vaters stachelt mich nur an, noch fester zuzustechen. Vergeblich. Mein Vater hat die Niederlage schon längst akzeptiert. Ich bin nicht die Hilfe, die er braucht. Er hatte keine Zeit, mich vorzubereiten. Er weiß es. Er versteht es. Er schaut in die Ferne. Er möchte meine Mutter ein letztes Mal sehen. Schaum und Dunkelheit verschlucken ihn.

Einer der Arme, der nach meinem Angriff nicht mal ein bisschen blutet, knallt in mein Gesicht. Meine zweite Ohrfeige. Lustvoll kleben sich die Saugnäpfe an die andere Hälfte meines Gesichts. Blut, Tinte und Wasser in meinem Mund. Während der Oktopus ins Wasser zurücktaucht, gibt er dem Boot einen letzten Schubs, der es bis in die Nähe des Ufers katapultiert. Die Wellen sorgen für den Rest. Ich werde zwischen zertrümmerten Holzplanken ans Land gespült. Der Schnee füllt meine Ohren. Auf der einen Hälfte meines Gesichts die Fingerspuren meines Vaters, auf der anderen der Abdruck des Oktopus. Während ich in die Bewusstlosigkeit sinke, wird mir klar, dass eine von diesen beiden Spuren nie wieder von meiner Haut gelöscht wird. Dieser Gedanke ist aber nicht so furchtbar wie der Gedanke, nach Hause zurückzukehren.

Dreizehn Jahre zwischen verstaubten Büchern. Die Sanduhr fließt noch schneller, wenn man einmal die Nähe des Todes gespürt hat. Heute kenne ich die Bedeutung von alten Wörtern. Das Eigentliche, was ich aber wissen müsste, ist zusammen mit meinem Vater im Wasser verschwunden. Ich wurde in das falsche Haus eingesperrt, meine ganze Kindheit lang. Ich ertrage es dennoch. In dem Moment, in dem ich den Zirkel in den Oktopus stach, war mir klar, dass ich nicht der Held dieser Geschichte sein kann.

Die Spur der ersten Ohrfeige war am nächsten Morgen verschwunden. Der Abdruck der Saugnäpfe ist jedoch noch immer in meinem Taschenspiegel mit dem Hahnenbild auf dem Deckel zu sehen. Eine Seite meines Gesichts ist bedeckt mit lilafarbenen Narben. Der Eiter, der sich in den Vertiefungen sammelt, konkurriert mit saisonalen Allergien. Wenn der Frühling wiederkehrt, entstehen weiße Dellen auf der Haut. Im Winter ist es besser, dann sind dort nur die Narben.

Wenn ich fremde Menschen treffe, verspüre ich keine Scham, bemerke aber dennoch die Unruhe um mich herum. Seit meinem achten Lebensjahr kümmere ich mich um den Laden meines Vaters. Die Anzahl der Bücher, die ich verkaufe, ist lächerlich gering. Meine Mutter muss sich um die Ruine kümmern, die früher unser Zuhause war. Sie hat es schwerer als ich. Sie versucht, die Finsternis in sich zu bekämpfen. Dies ist kein glückliches Heim. In diese Hölle gehe ich nur noch zum Schlafen.

Auch wenn ich nicht zur Schule gehe, vergessen meine Altersgenossen mich nicht. Das, was sie mir ins Gesicht sagen, ist weniger schlimm als das, was sie hinter meinem Rücken flüstern. Um ehrlich zu sein, würde ich mich an ihrer Stelle genauso verhalten. Ich habe keine Kraft dagegen anzugehen. Dass ich sie verstehen kann, macht die Lage aber nicht einfacher. Ihre Worte tun weh.

Das Problem ist nicht mein vernarbtes Gesicht, das weiß ich. Es ist nur die Oberfläche. Mein Vater trug eine ähnliche Last. Die Fragen, die auf meinen Schultern lasten, sind nichts als weitere Kreise der Hölle.

Deine Alte, Mann! … Mann! Auf'm Markt neulich hatte sie Porreestangen an ihre Arme gebunden und spuckt Onkel Mehmet ins Gesicht … Mann, so eine Psychobraut, echt. Denkt, sie bekommt das Essen umsonst, wenn sie einen auf irre macht. Früher hat man anders bezahlt, wenn man kein Geld hatte. Spielt den Oktopus! Wir haben gehört, dass sie 'ne Fehlgeburt hatte, hat das Kind in den Müll geworfen. Hamza hat es beim Flaschensammeln gesehen. Stell dir vor, Mann, die Schrulle hat statt einem Baby 'ne Schlange geboren. So 'n klebriger Haufen Fleisch. Danach hat sie auf die Straße gekotzt. Zwanzig Männer konnten den Fleck nicht reinigen.

Für meinen Vater, sagten sie, sei es besser, dass er gestorben war. Niemand sprach von den blutigen Armen des Mörders. Auch für das Gesicht des Kindes gab es eine Erklärung: Seine Mutter war es. Der Mann hielt es nicht mehr aus, nahm das Kind mit und wollte mit ihm ertrinken. Gott hat den Kleinen beschützt. *Schade, dass es ihn nicht woandershin getrieben hat, weit weg von hier.*

Mein Vater hat meine Mutter nie aufgegeben. Trotz aller Rangeleien glaubte er das zu tun, was der einzige Weg war, seine Frau zu beschützen. Ein Teil der Gerüchte stimmte sogar. Es ist kein Geheimnis, dass hinter dem Wahnsinn der Frau ein Meerestier steckt. Das ist zumindest bei uns zu Hause kein Geheimnis.

Sie fanden mich regungslos am Ufer und brachten mich zu meiner Mutter. Sie freute sich maßlos, sodass sie nicht einmal merkte, dass mein Vater nicht mehr dabei war. Ein Problem weniger. Sie nahm ihr Kind in die Arme. Der erste Kuss in meiner Erinnerung. Sie streichelte mein verunstaltetes Gesicht. Sie sagte mir, sie habe mich sehr vermisst. Als ich vor ihr weglief und mich im Schrank versteckte, dachte sie, ich spiele. Dass ich mir in die Hose machte und im Schrank schlief, konnte ihrem Glück nichts anhaben. Er war auch uns *erschienen*. Sie war nicht verrückt.

Im Laufe der Zeit wurde es zur Gewohnheit im Schrank zu schlafen und ich fühlte mich auch im Laden immer wohler. In manchen Nächten zog ich es vor, die Schlafruhe in der muffigen Geborgenheit des Bücherschranks zu suchen.

Es passierte während einer dieser Phasen, in denen ich im Laden übernachtete. Die Nacht davor kam meine Mutter in mein Zimmer und ließ ihre Zunge über mein Gesicht wandern – das erste Mal, dass sie die Grenzen so impertinent überschritt. Mit Mühe konnte ich verheimlichen, dass ich wach war. Ihre raue Zunge lädierte mein Gesicht. Prometheus' Feuer brannte auf meinem Antlitz. Meine Wunden vertieften sich durch jeden Zungenschlag, nur als ihre Spucke etwas trocknete, erholten sich die Dellen. Diese Folter setzte sie in kurzfristigen Zyklen fort, und währenddessen sprach sie mit Ihm. Mehrmals betonte sie ihre Sehnsucht. Sie sagte sie sei bereit, lass es uns jetzt sofort machen. Jetzt. Hier. Keine Antwort. Sie knallte die Tür hinter sich zu. Der gelbe Eiter tropfte auf das Kissen.

Ich hätte es keine weitere Nacht ausgehalten. Ich musste unverzüglich aus diesem Loch, welches Zentimeter für Zentimeter meine Seele schwärzte. Wenn ich das Geheimfach im Bücherschrank nicht gefunden hätte, hätte ich ganz gewiss das Weite gesucht. Eines der Bücher, die mein Vater auf dem See las, fiel auf mich herab. Sobald mein Kopf die Schranktür berührte, fiel es einfach so in meinen Schoß. Mir wurde flau vor Aufregung. Ich trat aus dem Schrank und las, was da auf mich gefallen war, und wollte unmittelbar wieder zurück in mein Versteck. Ich wollte unter der Erde begraben werden, samt Laden. Mit Pharaonen tauschen, die ungestört jahrtausendelang in ihren Gräbern lagen.

Die Welt aber war Expertin im Ignorieren meiner Wünsche. Selbst Pharaonen bleiben von Grabschändern nicht verschont.

Ich warte auf den Sonnenaufgang, um nach Hause zu gehen. Beim Verlassen des Ladens ruft der Bäcker meinen Namen. Er ist so hitzig, dass er die Holzkohle mit seiner Wut anzünden könnte. Ich solle auf meine Mutter aufpassen, sagt er. Sie habe ihn wieder gestört. Sie habe behauptet, Hackfleisch für das gefüllte Brot zu bringen, was sich aber als blutige Fetzen Fleisch erwies. Als der Mann sie rauswarf, habe sie alles in der Glasvitrine zerschmettert. Ich könne ein Dankgebet sprechen, dass er sie in dem Moment nicht umgebracht hat.

Ich kenne keine Gebete. Auf dem Weg nach Hause folge ich den Blutspuren. Die Machenschaften meiner Mutter sind mir nicht fremd.

An der Tür empfangen zu werden ist etwas ganz Neues. Meine Mutter nimmt meine Jacke und serviert mir einen Teller Suppe. Sie fragt nicht nach, wo ich gewesen bin. Sie gratuliert mir nicht zu meinem Geburtstag. Am Tag bewahrt sie ihre Distanz. Ihre Suppen sind kalt und versalzen. Beinahe verschlucke ich mich an den Klumpen. Ich sortiere die rohen Stücke Porree aus und lege sie an den Tellerrand. Wenn ich gegessen habe, umarmt sie mich und weint. In solchen Momenten glaube ich, mich erinnern zu können, wer ich bin.

Sie atmet tief ein, berührt meine Wange und da! Schon nehmen ihre Augen einen violetten Ton an und driften in die Ferne ab.

Bis in den Abend hinein versuche ich mit ihr zu reden. Meine Fragen sind so eindringlich wie schon seit Jahren nicht mehr. Ich versuche zunächst zu verstehen, wo und wann sie sich selbst zum ersten Mal verlor. Ich bin kurz davor, für einen Anhaltspunkt, einen Hinweis, auf die Knie zu fallen und zu betteln. Ihre Mauern sind aber zu dick, ich kann nicht durchdringen. Statt mir zu helfen, gießt sie von ihrer Mauer heißes Öl auf mich herab.

Ich greife das Buch, das ich im Laden gefunden habe. Die Seiten machen mir Angst; sie erzählen von antiken Wesen aus anderen Dimensionen, von Botschaftern, von den letzten Tagen der Erde, als sei es das Natürlichste auf der Welt. Demnach ist die einzige Lösung, mit dem Oktopus zu sprechen – und dazu müssen manche Formeln laut vorgelesen werden – die Mathematik des Universums … Leider ist die eigentliche Pointe dieses Witzes im zweiten Band versteckt. In den Zeilen, die vorzulesen mein Vater mich bat und die nun in Salzwasser weilen.

Ich wünsche mir einen Dorf-Derwisch, den ich mit meinen Fragen löchern kann. Es gibt keinen. Draußen kann ich keine Seele finden, die mir aufrichtig helfen kann. Niemand würde meinem Oktopusmärchen glauben. Gemeinsam haben sie die unauslöschliche Bedrohung in eine lächerliche Komödie verwandelt. In der Taverne wickeln kostümierte Menschen Stoffstücke um ihre Arme und unterhalten die Gäste, die Frauen entblößen ihre Brüste und bieten den Passanten violette Milch an, die Männer liegen auf dem Boden, tun so, als ob sie ertrinken, zeigen in die Leere, schreien: Da, der Oktopus!

Für einen Augenblick glaube ich, das Buch meines Vaters könne in dem faulenden Boot wieder auftauchen. Ich war bereits mehrmals dort. Ich kenne jede Ecke des Boots. Auch wenn ich nicht mutig genug bin, auf den See zu fahren, habe ich doch genug Zeit am Ufer verbracht. Wenn es aber in einem Schrank, in dem ich seit Jahren schlafe, geheime Ecken geben kann, könnte es doch möglich sein, dass auch im zerschmetterten Boot irgendwo zwischen den Planken das Buch zu finden ist. Ich suche Zuflucht in Wunschgedanken.

Seit jeher befindet sich meine Mutter unter dem Einfluss des grausamsten Wesens des Universums. Eine erbärmliche Ehe, ein verpasstes Leben, ein toter Ehemann, ein Außenseiter als Sohn, ein wütendes Dorf – das Ganze reicht ihm nicht, er will noch mehr. Wenn die Zeit reif ist, wird der Oktopus den Ort seiner Herkunft zurückverlangen. Zweifellos spielt meine Mutter eine große Rolle in seinen Plänen. Seine Botschafterin, eine verwitwete Närrin. Ich weiß nicht, warum und wie er sie auserwählt hat. Vielleicht ist er durch eine Lücke in ihre Gedanken geflossen. Vielleicht war der Samen der Bestie im Wasser, das sie trank. Oder ich versuche einfach, Erklärungen zu finden für mein verunstaltetes Gesicht.

Auch wenn ich nicht bereit bin, spüre ich, dass ich keine Zeit mehr habe. Meine Mutter treibt sich mit Ungeduld im Flur herum. Wenn ihr Kleid an Türklinken hängen bleibt, dreht sie sich um und grummelt vor sich hin.

Ich mache mich auf den Weg zum See mit dem Ziel, das Boot erneut zu untersuchen. Sollte ich nicht fündig werden, werde ich ins Dorf zurückkehren und eine Waffe finden. Ich werde die Fehler meines Vaters nicht wiederholen. Katastrophen kann man nicht mit Büchern verhindern, dazu braucht es Harpunen, Gewehre oder zumindest etwas Scharfes.

In meinem tiefsten Inneren hoffe ich, das Buch nicht zu finden. Was ich möchte, ist nicht, dem Oktopus Dinge zu sagen, die er nicht hören will, ihn zu *annullieren* und zurück in die Dunkelheit des Sees zu schicken. Was ich will, ist Rache. Und meinen Geburtstag feiern.

Ich übersehe eins: Ich bin nicht der Held dieser Geschichte.

Als ich den Abhang hinab zum See laufe, höre ich Schritte hinter mir.

»Ey, Schwuchtel! Gehst du zu deinem Macker, oder was?«

Wenn ich ihn ignoriere, verschwindet er. Wie in meinen Albträumen. Ich habe in der Hölle gelebt; ich werde wohl wissen, wie man schlechte Träume loswird. Solange ich nicht nach hinten schaue, sind sie nicht da. Ich beschleunige meine Schritte. Das Bootswrack ist jetzt in Sichtweite. Die Stimmen verstummen. Zwischen nassen Holzplanken schaue ich nach dem Buch und durchforste das mit Algen übersäte Boot mit der Nervosität eines Bibliothekars, der seit Jahren auf eine Rückgabe wartet. Alles, was ich bekomme, ist ein Splitter und ein blutender Finger.

Hässliche Schatten über mir.

»Ich rede mit dir, du Freak.«

Es ist kein Splitter, es ist der Zirkel. Getrieben von derselben Angst, die ich Jahre zuvor spürte, drehe ich mich um und steche meine Waffe in den Magen meines Gegners. Es hilft aber nicht, mit Albträumen aufgewachsen zu sein. Sie sind nämlich zu fünft. Der Mann, in dessen Bauch jetzt der Zirkel steckt, taumelt zwei Schritte nach hinten. Der Bäcker neben ihm nutzt den Moment und schmeißt sich mit aller Wucht auf mich. Schlechte Zeit, um über die Apokalypse zu reden. Innerhalb von Sekunden verliere ich mein Bewusstsein.

Als ich meine Augen öffne, hänge ich am Kreuz und warte auf den Eigentümer des Sees. Happy fucking birthday.

Meine Füße berühren das stille Wasser. In meinen Socken fühle ich, wie meine Zehen schrumpeln. Meine Hände und Arme sind an Holzplanken befestigt. Der Vollmond vervollständigt das Gemälde. Schon wieder einsam. Dem Anschein nach hat das Dorf den jahrelangen Hass auf mich in diesen einzigen Schlag gesteckt. Sie konfrontieren mich mit meinem Trauma. Sie sind meine Lügen satt. Oktopus, Oktopus. Wo mag er nur stecken? Ich schreie mehrmals. Gut. Es reicht. Ich sage ihnen, ich werde das Dorf verlassen und meine Mutter mitnehmen. Wenn sie sich weigert, dann mit Gewalt.

Nichts zu hören. Offenbar muss ich hier zittern, bis sich jemand an mich erinnert. Eher später als früher. Ich sollte das Ganze vielleicht anders betrachten, als eine Art Entdeckungsreise vielleicht. Ich richte meine Aufmerksamkeit auf die Weite des Sees, der sich vor mir gestreckt, so weit das Auge reicht. Das mit dem Buch wird nichts. Hierher muss man gut vorbereitet kommen, mit Waffen.

Anscheinend bin ich nicht der Einzige, der Pläne schmiedet. Der Schaum aus meinen nächtlichen Albträumen kommt allmählich zum Vorschein. Die Tentakel. Das eingeschossige Haus. Der Oktopus. Er ist zurückgekommen, um seinen Nachtisch zu holen. Er verliert keine Zeit. Seine Tentakel wickeln sich um meine Beine, um meinen Bauch. Es ist seine Art, ohne Vorspiel zur Sache zu kommen. Ich merke beim Bewegen meiner rechten Hand, dass sich das Seil lösen lässt. Die ganze Zeit hätte ich mich selbst retten können, wenn ich nur etwas unternommen hätte, statt auf Rettung zu warten. Jetzt ist meine andere Hand auch frei. Arme heben mich in die Luft, und ich entscheide mich, die Flucht gar nicht erst zu versuchen. Das Ganze passiert jemand anderem. Ich schaue nur zu.

Die Saugnäpfe finden ihre alten Stellen auf meinem Gesicht. *Klick*. Moschusgeruch verbreitet sich in der Nacht.

Das quellende Gewässer verschluckt meinen Spiegel mit dem Hahnenbild, ehe ich mich verabschieden kann. Der Oktopus hat jetzt die Seile komplett zerrissen. Unsere Augen treffen sich. Es ist mir nicht klar, ob er mich oder meinen Vater sieht. Vielleicht erinnert er sich gar nicht, weil unsere Familie ihm nichts bedeutet. Ich unterdrücke mein Entsetzen und drehe mich mit letzter Kraft Richtung Ufer. Eine Hoffnung. Es ist nicht Hilfe, die ich suche, sondern nur eine einzige Person, die bezeugen kann, dass ich die Wahrheit gesagt habe. Meine Mutter steht zwischen den Felsen und schaut zu. Und ich hoffe, sie wird jetzt mit meinem Henker reden, sie wird zum Helden Deli Dumrul*, der Azrael überzeugte, und sie wird mich zurückholen.

Sie kichert.

Während ich im Wasser versinke, winkt sie mir zu. Es ist ein kurzer Abschied. Aber etwas anderes passiert auch noch in diesem Moment. Etwas, was jahrhundertelang erzählt wurde, was aber nur die Toten tatsächlich kennen können: *der Weltuntergang*. Erst in staubigen Büchern, jetzt in dunklen Gewässern. Es ist, als werde ich nicht in den See, sondern in eine volle Badewanne gezogen. Je tiefer ich sinke, umso

---

* Deli Dumrul: Eine Turk-Altai-Mythologie, welche vermutlich im 15. Jahrhundert verschriftlicht wurde, laut der der Strauchdieb Deli Dumrul Gott erzürnt und ihn herausfordert. Daraufhin schickt Gott Azrael (zunächst in der vorislamischen Turk-Mythologie »Aldacı«, später Azrael) auf die Erde, um Dumruls Seele zu holen. Deli Dumrul kommt aber zu einer Abmachung mit Azrael, das Leben eines Freiwilligen gegen das seine zu tauschen. Er fragt seine Mutter und seinen Vater, die beide ablehnen. Letztendlich ist nur seine Frau bereit, ihr Leben für Deli Dumrul herzugeben. Gerührt von der Tiefe dieser Liebe, verzeiht Azrael Deli Dumrul und lässt die Liebenden am Leben, während er die Seelen der Eltern ins Jenseits befördert.

mehr Wasser läuft über. Der See schwappt über und flutet die Felsen, unter denen meine Mutter steht. Sie war ihr ganzes Leben lang so entfernt, meine Mutter. Sie winkt jetzt nicht mehr, sie ertrinkt.

Die wütenden Wellen greifen die trockene Erde an. Das salzige Wasser wendet sich Richtung Dorf. Doch vielleicht liege ich ja falsch. Individuelle Katastrophen erscheinen einem größer, als sie tatsächlich sind. Wenn deine Lungen sich mit Wasser füllen, kannst du nicht weiter. Keine Zeit mehr zum Nachdenken. Der Hahn auf dem Spiegel feiert meine Rückkehr nach Hause. Ich werde meinem Vater den letzten Zustand meiner Wange zeigen. So sieht nämlich eine richtige Ohrfeige aus, nicht so wie die seine.

Nur İpek Önder Mert

Nemesis

Schließlich ist die Stimme des Wassers stärker als die der Liebe und der Lust. Wenn es dunkel ist, hallt in der menschlichen Brust die Sprache des Todestriebes wider.

Ahmet Hamdi Tanpınar / Seelenfrieden

Die *Nemesis* sah aus wie eine Murmel, die lieblos auf die brennende Sandlandschaft der Insel Anka fallen gelassen worden war. Für die Schlafenden bedeutete sie Schutz vor Durst, vor Unglück und vor anderen menschlichen Problemen, während sie für die Insulaner nichts als ein Parasit war, der tagtäglich ihr Blut aussaugte. Bis zum März 2065 …

Wenn die Schlafenden an diesem einen Frühlingstag gewusst hätten, dass nur eine einzige Person unter den Insulanern diese Nacht überleben würde, hätten sie sich dann immer noch entschieden, ihren anabiotischen Schlaf früher zu beenden? – An dieser Frage würden ihre Kinder und Kindeskinder noch etliche Jahre zu kauen haben.

Heute war Deneb unbeeindruckt von den ostpazifischen Winden, die die Insel wie ein Geisterpflug bearbeiteten. Sie lag vor einer Luke, unter der Plicht der *Ouroboros*, die trotz ihrer rostigen Blöße nichts von ihrer Pracht verloren hatte, und beobachtete den Sonnenuntergang. Diese intensive Stille … Einzig und allein der Aufprall der Ozeanwellen auf die Plastikteile, welche durch den Sturm an Land gespült wurden …

Die Müllinseln zeichneten mit jeder Bewegung der Wellen Marmorpapiermotive – die von der Strömung getriebenen Metallteile und dazwischen die lila und blauen Gruppen von mutierten Quallen waren in Denebs Augen von so perfekter Schönheit, als seien sie von einem Landschaftsarchitekten persönlich erschaffen worden. Der plötzliche Gedanke, das einzige auf der Insel geborene und überlebende Kind zu sein, verdunkelte aber ihr Gemüt und sie spürte den Drang, dem Lichtpfad der untergehenden Sonne auf dem Meer zu folgen und Anka rennend zu verlassen. Es war der 21. März, sie musste aufhören zu grübeln. Man wurde nur einmal im Leben fünfzehn … Sie lächelte und flüsterte »Herzlichen Glückwunsch für mich!« in die Ferne.

Sie hatte gerade ihre Hand in ihre Lederkappe gesteckt, um die beschlagenen Gläser abzuwischen, als sie die Stimme ihres Großvaters hörte. Acumen klang noch immer wie der junge Oberst, der er einst gewesen war. »Den! Den! Das wird einen Sturm geben!«

Deneb hatte nicht vor, sich seine Geschichten anzuhören – wie er es schaffte, vor jedem Sturm zu verschwinden, sein Nörgeln über die schlechten Lebensbedingungen und wie alles nur noch schlimmer wurde. Widerwillig stand sie auf und rutschte die Ankerkette der *Ouroboros* hinab.

Acumen hatte seinen Kopf so bedeckt, dass nur seine großen, mittlerweile erblindeten schwarzen Augen zu sehen waren. Mit seinen beiden krallenartigen Händen hielt er sich an seinem Gehstock fest und stemmte sich mit Mühe gegen den starken Wind. Die armseligen Versuche eines gelben

Käfers, um ihn herum zu fliegen, scheiterten, als Acumen ihn mit schneller Hand schnappte und mit appetitlichem Knuspern aß. Danach fühlte er sich sichtlich besser. »Hach! Qualitätsprotein«, sagte er.

Er roch sein Enkelkind und begann zu torkeln. Während er die Reste des Käfers aus seinen Zähnen pulte, sprach er von der Vergangenheit: »In meiner Kindheit ließ der Wind in kühlen Herbstnächten die Bäume sprechen. Ab und an höre ich sie noch und spüre die Freude von damals wieder … Was meinst du, Den, vielleicht schaffe ich es ja doch bis zu meinem Achtzigsten mit diesem Schwung? Hach!«

»Wie schön …«, sagte das junge Mädchen. Sie konnte sich eben nicht vorstellen, wie bitte schön etwas so Trockenes und Hartes wie ein Baum mit seinen dünnen Ästen vom Wind zum Sprechen gebracht wurde. Sie beschleunigte ihre Schritte.

Der Pfad, den sie entlanggingen, war auf beiden Seiten von Filzzelten gesäumt. Sie bemühten sich, an den Skeletten der Säugetiere, die wie groteske Pflanzen überall aus dem Boden schossen, nicht hängen zu bleiben. Acumen lief mit Elan, als wolle er dem immer stärker werdenden Wind trotzen, schwieg aber, als sie sich dem Platz näherten. Er zeigte mit seinem Gehstock auf das Chaos. »Was ist denn da schon wieder los?«

Deneb konnte ihre Freude nicht verbergen. »Der Kaktusmann ist da!«

Der Kaktusmann hielt eine Kaktee in seiner Hand hoch und sprach die schäbig bekleidete Menge um ihn herum an: »Indische Feigen, mit Fleisch und Saft! Fleisch und Saft! Reiht euch ein! Alle, die Blut gespendet haben, in die Reihe!«

Acumen bereitete sich auf die Blutspende vor, aber Deneb hielt ihn am Arm fest. »Nein, Großvater, ich möchte das nicht.«

»Es ist aber dein Geburtstag, Den!«

Er war fest entschlossen sein eigenes Blut für Feigen einzutauschen, wurde aber von Algol, der Agitatorin von Anka, die wild an ihnen vorbeilief und in die Menge sprang, abgelenkt. Sie schubste die anscheinend hypnotisierten Zuschauer beiseite, stellte sich vor den Kaktusmann und trat die Kiste Feigen um. »Wacht auf, Leute! Wer schläft hier eigentlich?« Zwei Männer zerrten sie an den Armen, aber sie befreite sich. »Sowohl der Kaktusmann als auch Captain Kharon gehören zu denen. Sie geben uns nicht mehr als einen Tropfen Wasser für unser Blut! Der Krieg ist vorbei! Die Menschheit sollte uns vor der Dürre retten, aber was tat sie? Sie hinterließ ihre radioaktive Signatur und ging fort!«

»Das Weib ist verrückt, lasst sie nicht reden!«, sagte jemand.

Acumen zog an Denebs Arm, um sie in die Sicherheit eines Zeltes zu holen. Das Mädchen hörte Algol wie verzaubert zu. Dass diese kleine, ärmliche Frau so riesig werden konnte, wenn sie redete, entfachte Mut in ihr.

»Warum nahm Captain Kharon uns mit? Haben wir nicht den ganzen Weg hierher für die Schlafenden gekämpft? Während sie in ihren geschützten Krippen in der *Nemesis* in Sicherheit schliefen, haben sie uns in die Wüste geworfen! Und haben wir nicht trotzdem für sie geschuftet? Sie gaben uns Gold, Diamanten und Silber. Wir sind auf sie reingefallen! Sie sagten, das Wasser kommt. Wir haben ihnen geglaubt! Sie sagten, die Menschheit werde auf Anka neu geboren. Wir begraben nicht mal mehr die Totgeborenen!« Algol schmiss einen winzigen Totenkopf, den sie in der Hand hielt, in die Menge und schrie weiter: »Wir sind verflucht! Hier gibt es nur Sand, Wind und Dreck! Massaker, Tyrannei und Krankheit! Unser Blut soll diese trockene Erde befruchten! Wacht auf, bevor sie aufwachen, Leute!«

Die Leute hatte die Kapuzen ihrer Roben hochgezogen und ging langsam auf Algol zu. Die vermummten Köpfe erinnerten an Henker, die versuchten, dadurch Distanz zu ihren Opfern zu schaffen. Algol schrie, nachdem jemand ihr ins Gesicht schlug, und das hassvolle Gekreische verstummte. An der Nordküste hörten die Sturmvögel, die am verrotteten Kadaver eines Seehundes herumstocherten, ihren Schrei. Und im Westen der krumme Wal, der in zermatschtem Phytoplankton zuckte. Und im Osten die Elefantenmutter, die um ihr Kalb lief, das am Boden lag. Und Deneb, die auf ihren trockenen Lippen kaute, hörte ihn auch.

Sie versuchte einzugreifen, Algol aus den Händen der Menge zu retten, aber vergeblich. Während sie verzweifelt um sich schaute, drückte ihr jemand, den sie nicht erkennen konnte, eine kleine Feldflasche in die Hand und flüsterte in ihr Ohr: »Heute Nacht, wenn der Mond über dem Hügel leuchtet …«

Ehe jemand es sah, versteckte Deneb die Feldflasche in ihrem Sack. Sie nahm ihren Helm ab und sah hinter sich. Zu spät – sie konnte nur noch wild brüllende Münder sehen. Sie ging zu ihrem Großvater, der tastend nach ihr suchte, und hakte sich bei ihm ein.

Acumen hatte hinsichtlich des Sturms recht gehabt, der Wind war stärker geworden. Der Sturm trieb nicht nur die Dünen von Anka dahin, er zerstreute auch die wütende Menge in alle Himmelsrichtungen. Ehe die mit Überresten ferner Wälder gefüllten Aschewolken alles schwärzten, kehrten Acumen und Deneb in ihr Zelt zurück. Wie die anderen auch rollten sie sich auf ihren Matratzen ein, wie Babys im Mutterleib.

Der Sturm klang noch vor Einbruch der Nacht ab. Nachdem die ersten Schnarch- und Schlafgeräusche zu hören waren, schlich Deneb mit flinken Füßen aus dem Zelt.

Draußen war es pechschwarz. Diese intensive Stille … Einzig und allein der Aufprall der Ozeanwellen auf die Plastikteile, die durch den Sturm an Land gespült wurden, war zu hören …

Sie lief in Richtung *Nemesis*, deren gewölbter Körper mit den von überallher in den Ozean hängenden Reinigungsrohren im Mondlicht einem silbernen, gigantischen Oktopus ähnelte. Das Geräusch des Wassers hatte sie an ihren Durst erinnert. Gerade wollte sie ihre Flasche aus ihrer Tasche holen, da schreckte eine Stimme sie auf.

»Pssst …«

Sie drehte sich nach rechts, aber Algol erschien von links. Zischend sagte sie: »Keine Angst, Mädchen. Ich will dein Wasser nicht.«

Deneb lächelte und berührte instinktiv Algols geplatzte Lippe. »Tut es weh?«

Nach einem geflüsterten Lachen nahm Algol sich zusammen. »Es tut nicht weh. Weißt du, was wehtut, Deneb? Meine Kinder sind tot. Unser aller Kinder … Nur du hast überlebt. Warum solltest du dein Leben lang auf den Tag warten, an dem du, wie wir alle auch, kläglich krepieren wirst?« Liebevoll streichelte sie die verfilzten Haare des Mädchens. »Wenn Sirius noch am Leben wäre, würde er dich nicht so sehen wollen. Schließe dich uns an!«, sagte sie und zeigte auf die Menge, die sich in der Nacht wie eine dunkle Wolke versteckte.

Deneb nickte und sie liefen los. Die Menschenmenge im Wasser hatte einen Weg gefunden, an einer mit Müll überfluteten Stelle zu tauchen und so durch das Reinigungsrohr an Bord der *Nemesis* zu gehen. Angst überkam Deneb. Nicht ein einziges Mal hatte ihr Großvater es ihr erlaubt, in den Ozean zu gehen. Von Unsicherheit geplagt, tauchte sie dennoch mit der blinden, immer mehr wachsenden Wut eines

Kindes ins Wasser. Sie konnte nicht sehr gut schwimmen und hielt einfach ihren Atem an und folgte der Person vor ihr.

Die giftige, flüssige Dunkelheit füllte ihre Ohren und ihre Nase, brannte in ihren Augen. Die Dunkelheit verstärkte das Gefühl der Leere, welches dadurch entstand, täglich dem Tod eines anderen zuzusehen und sein eigenes Ende zu spüren. Sie verschloss ihre Augen vor der Dunkelheit.

Algol tauchte nach ihr ins Wasser. Sie waren außer Atem, als sie an der anderen Seite des Rohrs herauskamen und sich in einer riesigen Glaskuppel wiederfanden. Wie Saugwelse im Aquarium versuchten sie, sich an der Glaswand festzuhalten. Endlich konnte jemand Starkes das Glas durch wiederholtes Schlagen zum Sprengen bringen. Das Wasser spülte sie in das Innere der *Nemesis* hinein.

Auf den ersten Blick sahen sie an den Wänden zweierlei: Erstens, die sich wie Adern ins Innere erstreckenden dünnen Kabel, und als Zweites, die mit diesen Kabeln verbundenen Geräte, Bildschirme, Maschinen und mehrere Leitern. Ihre Spiegelbilder auf den gläsernen Wänden sahen wahrhaftig beklemmend aus. Deneb schrie »Seht!« und zeigte nach oben. Um es von Nahem sehen zu können, stürmten sie auf die Leitern der *Nemesis* zu, die bis zur Decke des Schiffes reichten.

Algol war besorgt und zog das Mädchen an sich. »Du nicht!«

Wütend befreite sich Deneb aus ihrem Griff. Statt sich unter die sich mit Ellbogen schubsende und rangelnde Menge an den Leitern zu mischen, stieg sie auf eine Maschine, die sie ins Auge gefasst hatte. Von da sprang sie auf den käfigförmigen Turm und kletterte bis zur Seilrolle ganz nach oben.

Eine angespannte Stille herrschte, weil sie das Wort »die Schlafenden« ihr Leben lang so oft gehört hatten und sie jetzt endlich sehen durften. Hunderte Frauen, Männer und Kinder waren mit Drahtseilen an der Decke der *Nemesis* befestigt und schliefen in ihren Kokons aus einer Art Gelmasse, die wie einzelne Weintrauben aussahen. Manche trauten sich, die Hüllen zu berühren, und manche ließen sich von den Leitern etwas tiefer hängen, um die Schlafenden besser beobachten zu können.

Die Stille wurde von zwei nacheinander erfolgenden ohrenbetäubenden Knallen unterbrochen. Algol lag bewusstlos auf dem Boden. Diejenigen, die vor Panik schreiend nach unten stiegen, wurden von Captain Kharon empfangen, der als reine Machtdemonstration das Ding in seiner Hand auf den leblosen Körper der Frau richtete und einen weiteren Schuss abgab.

Vor Schrecken starr und hintereinander gereiht standen die Leute vor Kharon. Von hinten kam jemand auf sie zu. Auch das war Captain Kharon. Jeweils eine weitere Person von beiden Seiten, alles Captain Kharons … Das musste ein Albtraum sein. Sie wichen zurück.

»Keine Angst, ganz ruhig«, sagte ein Captain Kharon, den sie noch nicht bemerkt hatten. Seine Uniform war anders als die der anderen: ein dunkelblauer Anzug und eine verschmutzte Kappe. »Wenn ihr ruhig bleibt …« Noch bevor er seinen Satz beenden konnte, kamen die Älteren von Anka aus den Reinigungsrohren auf ihn zugelaufen.

Die Lichter gingen aus, Schüsse fielen, Schreie … Weitere Schüsse, Stöhnen, endlose Dunkelheit … Der ohrenbetäubende Lärm verwandelte sich im Handumdrehen wieder in Stille. Einzig und allein der Aufprall der Ozeanwellen auf die Plastikteile, die durch den Sturm an Land gespült wurden …

Mitten in der *Nemesis* stand Kharon, nun umgeben von den Massen … Er nahm seine Hände vom Gesicht und schaute sich entsetzt um, als wollte er die Dunkelheit fragen, was gerade geschehen war.

Mit der Panik eines Gläubigen, der während des Weltuntergangs Zuflucht bei seinem Schöpfer sucht, drückte ein Kharon einen Kontrollknopf. Die Kokons der Schlafenden senkten sich herab. Mit einem weiteren Knopf schaltete er eine spezielle Beleuchtung an, die wie trübes Sonnenlicht wirkte. Sogleich tippte einer der Kharons hinter ihm an einem Display Befehle ein, woraufhin Wasser in die Kokons der Schlafenden floss. Belebt durch Wasser auf ihrer Haut bewegten sich die Schlafenden wie Babys im Mutterleib. Ein weiterer Kharon öffnete jede einzelne Hülle.

Deneb, die am Boden lag, schaute sich das Spektakel regungslos an. Das Blut, das aus ihrem Ohr sickerte, hatte ihr Gesicht befeuchtet. Direkt hinter ihr lag Acumen. Seine Hand lag auf dem Haupt seines Enkelkinds, und er suchte nach der Quelle des Bluts.

Die Schlafenden verließen jetzt ihre Hüllen mit neugierigen Augen. Deneb sah ihre Mutter Sirius. Sie war schwanger und ihr Gesicht so wie immer, genau wie sie es in Erinnerung hatte. Sie sah Algol, den Kaktusmann, Magha die Schlafnachbarin, Rigel den Spielverderber, Alhena die Traumdeuterin, Thuban den Geschichtenerzähler, Draco, der ihr beigebracht hatte, wie man die indische Feige isst … Manche von ihnen als Kinder, manche von ihnen als Jugendliche …

»Ich habe meine Mutter gesehen«, sagte sie zu ihrem Großvater. Sein Lächeln erfror auf seinem Gesicht.

»Ich erinnere mich …« Nur das konnte Acumen in einer heiseren, unklaren Stimme sagen. Deneb hätte den Rest sowieso nicht mehr hören können.

»Ich erinnere mich!« Mit Hilfe der beiden Personen an seiner Seite richtete Kharon sich auf. »Ich kann mich an jeden Moment, an jede Sekunde erinnern …« Gefangen von den verurteilenden Blicken um ihn herum, sprach er weiter: »Die Anthroposophie-Ära, in der die Welt von Menschenhand verändert wurde, mündete im Krieg. Ich war ein junger Captain, nur 25 Jahre alt. Meine einzige Schuld war, das Schiff unter meinem Kommando von längst aufgelösten Streitkräften zu stehlen. Ich habe nur das getan, was eure Großmütter und Großväter von mir verlangt haben … Ihr wisst schon, eure Vorfahren, von denen ihr stammt und denen ihr euer Leben schuldig seid. *Sie* haben mich gefunden. *Sie* haben mir das Projekt *Nemesis* erklärt. Die Primitivlinge würden auf der Erde bleiben und ihren eigenen Weg gehen; die, die ihren menschlichen Charakter bewahren konnten, sollten nach Anka kommen, einer vulkanischen Insel, von der noch niemand gehört hatte, und hier eine neue Zivilisation gründen.«

Er bat um Erlaubnis, das Glas Wasser vor ihm auszutrinken, schluckte, und fuhr fort: »Im Sommer 2050 wollten sie, dass ich am Nordhafen ankere. Wochenlang hatten wir die *Ouroboros* mit Hunderten von Särgen beladen, mit technischem Zubehör, mir unbekannten Materialien … Sie hatten sich seit unserem ersten Treffen verändert; kalt, zurückhaltend und unfreundlich … Ich wusste bis zum Abflug nicht, dass diejenigen, mit denen ich den Auftrag besprochen hatte, die Schlafenden sind, und die Leute, mit denen ich jetzt die Ladung hochfuhr, die Klone. Laut Stabsoffizier Acumen war unser Ziel ein Ort mit niedriger Radioaktivität, der leider unter intensiver Dürre litt. Der Wassermangel konnte ein ernsthaftes Problem darstellen, und die Schlafenden in den Särgen mussten deshalb durch antihydrobiotische Hüllen, die metabolische Aktivitäten minimieren, gegen den Wassermangel geschützt werden. Alle Menschen außer ihm schliefen in diesen Hüllen, während die Klone die notwendige Arbeit verrichten sollten. Ich benötigte vier Assistenten, denen ich die Einrichtung eines Labors auf der *Ouroboros* erlaubte, in der Hoffnung, dass sie auch mich klonten. Teile der Gedächtnisse der Schlafenden wurden in ihre Kopien übertragen. Die Klons hatten geringere Reproduktionsraten, was für sie ein biologischer Nachteil war.«

Der Richter mahnte ihn. »Zurück zur Nacht des 21. März!«

Kharon schlug die Hände vor sich zusammen. »Als wir uns auf der Insel niederließen, lief nichts wie geplant … Das Ozeanwasser war toxisch, die Nahrung knapp. Wir hatten *Nemesis* dorthin gebaut, wo am ehesten Wasser zu finden war, aber schon bald ging uns das Trinkwasser aus. Auf der Insel begann ein Kampf ums Überleben – genau derselbe Tumult, vor dem wir Tausende von Kilometern geflohen waren, fing von vorn an. Was in der Nacht des 21. März geschah, war ein Zusammenstoß des Anka-Volkes und meiner Klone. Die Ersteren hatten fünfzehn Jahre in Elend gelebt, aber meine Klone lebten isoliert von ihnen. Beute und Raubtier begegneten sich in einem Flussbett. Meine Klone hatten sich dem Schutz der Schlafenden auf der *Nemesis* verschrieben und töteten alle Einheimischen außer mir. Mir tun die Toten zwar leid, ich bin aber dennoch stolz auf mich. Es ist eine Ehre für mich, diesen Moment zu erleben, in dem Sie in Ihren sauberen Kleidern vor mir sitzen und mich mit Gerechtigkeitssinn im Namen der Menschenrechte verurteilen. Ach, nach siebzig Jahren die Zivilisation endlich wieder einatmen zu können! Das bedeutet, dass das Projekt *Nemesis* erfolgreich war!«

Der Präsident des Gerichtshofs warf dem jungen Staatsanwalt zu seiner Rechten unter seinen grauen, buschigen Augenbrauen einen Blick zu. Die Anklage erhob sich gemächlich vom Platz. Ohne auch nur einen Augenblick lang seinen stechenden Blick von Kharon zu entfernen, flüsterte er dem Präsidenten ins Ohr: »Alle vier haben bis aufs letzte Wort genau dieselbe Aussage gemacht. Lassen Sie uns den letzten Angeklagten hören, Herr Präsident.«

Tolga Aydın

Schlag aufs Herz

Meine Worte sind gleichzeitig ein Geständnis meiner Perversion. Schlechte Autoren wie ich können sowieso nur Geständnisse schreiben, aber zumindest hat dieses so etwas wie ein relativ gutes Ende. Das hier ist leider keine dieser pompösen Balladen, in denen die Liebe siegt und die in ein Happy End mündet. Wenn man meinen Vater und die zwölf Milliarden Menschen auf der Erde fragt, kämen sie nicht einmal auf die Idee, meine Geschichte als »glücklich« zu beschreiben.

Apropos Vater …

Wann immer ich von einer Prügelei auf der Straße nach Hause kam, schäumte er vor Wut. Er war ein untersetzter, aber beleibter starker Mann und glaubte fest daran, dass Angst nur durch Gewalt gebändigt werden kann. Eines Tages kehrte ich mit aufgeplatzter Lippe nach Hause zurück, setzte mich stillschweigend an den Tisch und wartete auf meinen Anteil der Abendsuppe. Er aber hielt den Arm meiner Mutter fest und blickte mich fragend an. Ich sagte, dass das nur ein Kratzer ist, die beiden anderen Kinder aber im Krankenhaus liegen. Während er mir den noch warmen Suppenlöffel in die Hand drückte, sagte er, es sei ihm lieber, ein Mädchen hätte mich verprügelt, als dass ich ihm Lügengeschichten erzählte, um stärker zu wirken. Ich erinnere mich noch klar an die

Predigt, die er hielt, während ich mit leerem Magen auf der nach Weißkohl riechenden Couch meiner Großmutter lag: »Es liegt nicht in unserer Natur, der Beste zu sein. Ich möchte, dass du stark wirst. Das ist genug. Ein Mann kann im Leben nur so viel erreichen. Du wirst mir eines Tages noch danken für meinen Rat, und für mich beten.«

Ich war 21 Jahre alt, als ich zum ersten Mal einen Venusianer verprügelte, eine Kopffüßer-Amphibie ursprünglich aus dem Koza-Nebel. Das Malahay-Stadion in Alpha Corpsus war brechend voll mit 184.000 Zuschauern aus der ganzen Galaxis, die vereint und ununterbrochen »Kill! Kill! Kill!« riefen. Ende der sechsten Runde. Mein linkes Auge zugeschwollen, zwei Vorderzähne weg. Ich klemmte seinen harten, knorpeligen Kopf unter mein Bein und schlug weiter auf das nackte Fleisch ein, bis es matschig war. Ehe der Schiedsrichter mich wegzerren konnte, steckte ich bis zu den Ellbogen in einer warmen, klebrigen Flüssigkeit. Begleitet vom Jubeln Tausender Menschen, fiel ein Wasserfall aus blauen Luftballons auf den Käfigring. Der Schiedsrichter verkündete, dass ich nun der Cosmos-Mixed-Martial-Arts-Champion im Mittelgewicht sei. Der stärkste Mann des bekannten Universums …

Amen, Papa.

Es war:

290 Jahre nach dem kleinen Schritt für Armstrong, der aber ein großer für die Menschheit war;

193 Jahre nach der Erfindung der Fusionsrakete, die für das Universum unbedeutend, für die Menschheit jedoch revolutionär war;

32 Jahre nach meiner Geburt, die wegen der Größe meines prächtigen Kopfes für meine Mutter äußerst schmerzhaft gewesen war.

Es war meine vierte Meisterschaft seit dem Wechsel in die Schwergewichtsklasse.

Im Rahmen der Meisterschaften konnte ich sowohl allerlei außerirdische Spezies niederstrecken als auch jedes Parsec des Universums bereisen. Mein Gesundheitszustand und meine Reflexe waren recht gut – abgesehen von einem fehlenden Ohr und der Sprödigkeit meiner Knochen durch das mehrfache Brechen und Zusammenwachsen. Ich hatte 45 Jahre Erdenzeit im Ring verbracht und ich kannte niemanden mehr auf meinem Heimatplaneten, obwohl ich meinerseits dort ziemlich bekannt war. Ein Unternehmer aus Brasilien hatte in meiner Heimatstadt Edirne, Kırkpınar, wo ich im Alter von 14 Jahren meine erste Auszeichnung überhaupt (sechs Kilo kalt gepresstes Olivenöl und eine Viertel Goldmünze) erhalten hatte, eine renommierte internationale Kampfakademie gegründet. Es gab sogar eine Stiftung für schmerzfreie Geburt mit dem Namen meiner Mutter.

Auf der Erde führte ich ein gutes Leben und genoss es, ununterbrochen Hände zu schütteln und in schweißfreier, qualitativ hochwertiger Kleidung für Fotos zu posieren. Alles war reibungslos, bis auf einige eierwerfende blonde Jungs mit Rastalocken, die riefen, ich sei der Zirkusaffe der Galaxis und die Schande der Menschheit.

Meine neue Trainerin Aişe und ich waren auf einer Party unseres Sponsors in einem Strandhaus in Monaco. Trotz meiner Empfehlung, passende Kleidung zu tragen, war sie im Trainingsanzug erschienen. Ein junger Tech-Milliardär bemerkte mit verträumten Augen: »Ich denke, es ist eine Beleidigung an alle Frauen, wenn sich solch eine wichtige Athletin wie Sie so kleidet.« Woraufhin sie unbeirrt den Saum ihrer Hose bis zum Knie hochzog. Der Anblick ihrer dünnen Beinprothese aus gemischtem Polyurethan löste Totenstille aus. Der fassungslose Mann konnte sich daraufhin nur noch die Bemerkung erlauben, dass sie wohl Kriegsveteranin sei.

Nach der Autogrammstunde und einer Diskussion mit zwei Agenten einer Wohltätigkeitsorganisation, die versuchten mich zu überreden, meinen Körper nach meinem Tod an sie zu spenden, wurde die Party endlich ruhiger. Während ich meine Füße in den Pool tauchte, beobachtete ich den Erdhimmel, der sich nie ganz verdunkelte. Mit trüben Augen ließ sich Aişe neben mir nieder. Sie war schläfrig. »Ich habe im Billardzimmer ein Nickerchen gemacht.« Sie zeigte auf die Flasche in meiner Hand und sagte: »Ich habe für morgen früh um sieben ein Training geplant, übertreib es nicht.« Ich habe ihr nicht gesagt, dass dies das erste Bier war, das ich in den 85 vergangenen Jahren seit der Krümmung der Zeit trank. »Schau, da ist etwas los«, sagte sie und hielt mir ihren persönlichen Bildschirm vor die Augen. Es war der 11. Mai, zwei Tage nach dem Geburtstag meiner Schwester, die vor 34 Jahren an Herzversagen gestorben war.

Unser Erstkontakt war mit einem Bazillus, der etwa die Hälfte seines Lebens von 3000 Jahren in Mikron als Kokon verbracht hatte. Das war natürlich eine große Enttäuschung für die Generation meines Urgroßvaters, die Zivilisationen von Wesen erwarteten, die Raumschiffe von der Größe von Kontinenten besaßen und leuchtende Zeigefinger, aber keine Genitalien.

Die Gründung der kolonialen Handelsallianz und die Entstehung anderer außerirdischer Rassen änderten alles. In Zeiten, in denen »Einführung in die xenologische Anthropologie« in der Mittelstufe gelehrt wurde, erregte das Auftreten eines dritten Kontakts eher Ärger über unnötig bürokratischen Papierkram als freudige Neugier. Ich selbst hatte auch nicht viel darüber nachgedacht, bis mich der Sekretär der Kolonie anrief. Die Ba'as-Spezies, die später »Elder Bones« getauft wurde, hatte uns vor zwei Wochen kontaktiert. Die Elder Bones waren eine hoch entwickelte Zivilisation aus einer entfernten Ecke der Milchstraße, die von Reisenden »Sternendung« genannt wird. Bei einem Vorfall vor drei Monaten landeten sie auf einer Minenkolonie und sagten »Hallo«, doch zwei ihrer Erkundungsschiffe wurden von den Kolonisten beschossen. Es wurde ein Edikt für den offiziellen Erstkontakt auf der Erde erlassen. Bis zum Briefing bezüglich dieser Begegnung habe ich mich gefragt, warum sie mich im Ausschuss dabeihaben wollten. Während ich unbeholfen neben dem Buffet im Besprechungsraum voller wichtiger Leute stand, fragte mich der Leiter des Lehrstuhls für Xenophilologie, der dachte, ich gehörte zum Catering, um welche Art es sich bei den Canapés handelte. »Mit Senf rutscht alles runter«, sagte ich.

Das Treffen ging zu Ende, während ich noch darüber nachdachte, warum jemand jemals das Wort »Dialektik« gebrauchen könnte. Lautlos zerstreuten sich die Menschen.

»Es ist unmöglich, so viele Leute zusammenzubringen und eine vernünftige Meinung zu hören, es sei denn, wir reden über Sport.« Die Hand auf meiner Schulter gehörte einer älteren Russin. Ich schüttelte ihre Hand. »Haben sie dir gesagt, warum du eingeladen wurdest?« Bevor ich Nein sagen konnte, zerrte sie mich in einen kleineren Besprechungsraum. Sobald ich den Raum betrat, drückte ein zwei Meter großer Araber mit Cowboyhut seinen Kopf an meinen Kopf und sagte, es sei ein Segen, mich heute hier zu sehen. Immer größer wurde der Wunsch, jemandem ins Gesicht zu schlagen, damit er mir eine logische Erklärung für all das hier gab, als ich plötzlich einem indigoblauen, haarlosen Wesen gegenüberstand.

»Junge, wir wollen von dir, dass du einen Ba'as-tard zur Strecke bringst.«

Obwohl ich bereits gegen seltsame Freaks gekämpft hatte, vor denen selbst Wesen aus den Tiefen des Ozeans und mit Laternen am Kopf Angst gehabt hätten, hatte ich mich noch nie so unwohl gefühlt. Ich stand vor der Videografik des Vertreters aus Ba'as. Er hatte eine angespannte Haltung. Ein anmutiger afrikanischer, perfekter Körper stand mir gegenüber.

»Uns ähnlich, nicht wahr?«, sagte die mütterliche Russin mit trauriger Stimme. Niemand teilte die Euphorie von Ahmed Ridz, dem Promoter mit dem Cowboyhut. Alle Augen folgten mir mit strenger Ernsthaftigkeit. Man konnte nicht genau sagen, dass sie wie wir aussahen, aber vielleicht … wie eine bessere Version von uns.

»Um weitere Details zu klären, haben wir vor Kurzem eine bilaterale Studie in Auftrag gegeben, aber um es kurz zu machen: Sie behaupten, unsere genetischen Vorfahren zu sein.« Jemand mit Einstein-Haaren stieß ein »Bäh!« in seiner eigenen Sprache aus. Die Russin fuhr fort: »Wir haben herausgefunden, dass es sich um eine Kriegerspezies handelt, die zwei Millionen Jahre alt ist. Während eines Bürgerkriegs, der dazu führte, dass sie sich in kleinere paramilitärische Staaten aufteilten, floh eine friedliche Gruppe in den Hyperraum. Als später der Frieden gewährleistet war, wurden die Ausreißer gesucht, aber nie gefunden. Es stellte sich heraus, dass sie einen falschen Weg eingeschlagen hatten, der sie in die Milchstraße führtem wo …«

»… sie uns gefunden haben?«, vollendete Einstein.

»Nun, tatsächlich haben sie höchstwahrscheinlich unseren

Vorfahren Homo sapiens gefunden. Deswegen beabsichtigen sie, sich mit uns in Verbindung zu setzen und kulturelle Kontakte zu knüpfen.«

Alle verstummten, als ich fragte: »Das ist alles, was sie von uns wollen?«

»Obwohl wir ihre Schiffe während der Koloniesache abgeschossen haben, konterten sie nachdrücklich nicht. Sie versuchten auch nicht, vor dem Handelsgericht des äußeren Systems rechtliche Schritte einzuleiten. Wenn sie gewollt hätten, hätten sie uns angegriffen statt uns zu kontaktieren. Sie sind durchaus friedlich, wir haben aber auch ihre Verteidigungsschiffe gesehen.« Fast alle Spezies waren der Föderation des äußeren Systems unterworfen, aber abgesehen von Handelsbeziehungen war nur eine kleine Minderheit an sozialer Interaktion interessiert. Fortgeschrittene Zivilisationen verachteten es, dass Spezies, die über die Technologie von Fusionsraketen verfügen, sich im Live-Fernsehen gegenseitig bekämpften.

»Wenn sie so extrem friedliche Leute sind, warum wollen sie dann einen Kampf?«

»… sie meinen, wir sind ihre kleinen Cousins, die sie herumwerfen können, wenn sie zum Familienbesuch kommen … Gemeinsame Kultur, am Arsch … ›Nun, die Absicht besteht darin, einen symbolischen Neuanfang unserer geteilten Geschichte durch Kampfturniere zu erreichen, die nichts weiter sind als ein Ausdruck des Konflikts zwischen dem anthropologischen Ursprung der Menschheit und dem evolutionären Kampf‹ … Sie kommen den ganzen Weg vom hintersten Ende des Universums für ein Kampfmatch?« Zwischen den Schlägen auf den ledernen Boxsack quetschte Aişe jeweils einen neuen Satz: »… erst kommt der Showdown, und dann wer weiß was … Mein Unteroffizier sagte immer, man solle niemandem, der kein rotes Blut hat, den Rücken kehren.«

»Nun, ich glaube, genau das habe ich gerade getan.«

Sie verpasste einen Schlag und schlug die Luft. »Was?«

»Ich habe den Kampf angenommen.«

Eine Erwiderung schwoll an ihrer verschwitzten, glänzenden Schläfe an. »Wie viel Zeit haben wir?«

»Sechs Monate.«

»Zu knapp.«

Was hätte ich sagen können? Ich nickte.

»Kein Bildmaterial?«

»Der Name meines Gegners ist Es'me. Sonst nichts.«

»Dein Fitnesslevel ist dürftig, dein Gegner ist höchstwahrscheinlich besser als du, und das weiß er. Sie lassen dich ins offene Messer laufen.« Sie begann mit dem Schattenboxen. »Geh und wärm dich auf. Lass uns anfangen.«

In dem Moment hätte ich sie umarmen können, wenn sie weniger wütend gewesen wäre. Und untrainiert.

Auf dem Hügel westlich des Peloponnes wehte der mediterrane Lodos-Wind. Das Alien blickte mit starren Augen auf die gigantischen, aufblasbaren Skulpturen zweier antiker griechischer Ringer. Es sah genauso aus wie das Alien aus der Videografik, vielleicht etwas kürzer. Ahmed war damit beschäftigt, selbstgefällig und mit gedämpfter Stimme auf die Frage eines Reporters zu antworten, was der Sinn des Kampfes sei und welche Vorteile sich beide Welten davon versprachen. *Hast du Angst?* Nein, sagte ich mir selbst. Meine Geistesklarheit überraschte mich; sie hatte fast eine eigene Stimme. Sechs Monate Schwerelosigkeitstraining und Muskelaufbau waren nicht spurlos an mir vorbeigegangen.

Während des Fotoshootings gab ich meine krassesten Posen. Mein Gegner aber schaute lediglich mit glasigen Augen auf meine Fäuste. Eins seiner Mitaliens flüsterte ihm etwas ins Ohr, und erst dann posierte er auf die gleiche Weise und schüttelte mir die Hand. Die Berührung hinterließ ein seltsames, zartes Brennen in meiner Handfläche.

Im Antigravitationsraum versuchte ich mich auf meine Meditation zu konzentrieren. Island schwebte vor dem Fenster. Ich tauchte in die Lichtlosigkeit der eisfarbenen Arktis ein. Das Vakuumsystem im Raum isolierte den Lärm der Tausenden komplett, die auf den gewölbten Käfig auf dem Mond starrten. Aişe kam mit einem Schiedsrichter in den Raum, um meine Hände zu umwickeln. Sie verschwendete nicht einmal ihren Atem für eine Motivationsrede. »Du gehst da hoch, bringst es hinter dich und wir gehen nach Hause. Oder aber … Wir gehen nach Hause … Pass auf deine Linke auf. Wenn das Alien von oben auf dich zukommt, zieh es nach unten. Lass es auf dich zukommen, locke es auf den Ringboden.« Sie nahm meine Ohrenschützer ab. »Das werden wir uns jetzt zusammen anhören.« Sie berührte ihren Bildschirm. Bevor ich verstand, was wir uns anhörten, spürte ich eine Gänsehaut. »Was denkst du?« Sie hielt meine Hände und schloss ihre Augen. Wir lauschten dem Frühsommerregen in Edirne, der von den Blechdächern auf die Erde prasselte.

Ahmed strahlte mir erneut sein breites Lächeln ins Gesicht. »Kill diesen Bastard, und deine Füße müssen nie wieder den Boden berühren. Ich werde dich zu einem so mächtigen Mann machen, dass sich die Leute fragen werden, ob du der Messias bist, der über das Wasser läuft.« Ich zeigte meinen Mundschutz und nickte. Dann füllte der kupferne Schrei der Glocke meine Ohren.

Zum letzten Mal als ein sterblicher Mann stieg ich in den Ring.

Der Schmerz biss wie Eisbrand. Eine monumentale Migräne erwuchs in meinen Kopf. Ich traf den Kopf der Kreatur, die seltsamerweise nicht einmal schwitzte. *Es ist getaumelt*. Trotz seiner langen Arme blockierte es mich nicht. Sein rechter Ellbogen gab mir einen Stoß in die Nieren, der mich bis zum Schädel vibrieren ließ. Von Weitem hörte ich Aişe schreien: »Zu Boden, zu Boden!« Für einen Abwehrkick brauchte ich zwei Schritte zurück, und dann *schnappte ich es*. Ich drückte das Bein an meinen Oberkörper und schlug dreimal schnell auf seinen oberen Bauch und seine Brust. Als es gezwungenermaßen seinen Rücken auf den Boden warf, um sein Bein zu retten, legte ich mein ganzes Gewicht darauf. Schlag. Ellbogen. Linker Aufwärtshaken. Ellbogen. Ellbogen. *ES TUT WEH! Ich weiß. ES TUT MIR WEH! Lass los. Gib auf. Nun schlag schon auf den Boden auf!* In dem Moment, in dem es seinen Arm hob, um sein Gesicht zu schützen, ergriff ich meine Chance. Ich zerdrückte die rechten oberen Rippen, bis ich meine Finger hineinstecken konnte. Ein Blitz in meinem Kopf; *Papa, vergib mir!* Ich stieg rasch von ihm ab. *Verschwinde aus meinem Kopf.* Die Stimme, die sich aus seiner Kehle entfesselte, war weithin hörbar. Als seine verängstigte Stimme meinen Kopf verließ, wurde sie vom Summen der Menschenmenge ersetzt. Aişe klebte mit ihrem ganzen Körper am Käfig fest und brüllte, ich solle es zu Ende bringen. Sein ohnmächtiger Körper zitterte wie ein Ballon, der die letzte Luft ausstieß. Genau das ist jetzt der Moment, in dem ich denken sollte, dass auch diese Kreatur einen Vater hat, nicht wahr? Sogar eine Mutter? Ohne meine eigene Absonderlichkeit auch nur eine Sekunde lang in Frage zu stellen, schaute ich in seine Augen und in sein blutiges Gesicht.

Mein Gott, sie war wunderschön. *Sie ist schön. Schön. Du bist schön. Ich gehe nach Hause. Ich höre auf.*

Es war mir in diesem Moment nicht bewusst, ich sah aber später auf den Aufnahmen, dass ich »Gib auf!« schrie. *Ich kann nicht. Schlag mich k. o.* Eine Unruhe umgab die Menge und der Jubel verwandelte sich in Buhrufe. Ich ging zu ihr und fiel auf die Knie. Ich nahm ihre Hand und schlug sie hart auf den Boden. Der Schiedsrichter zog mich am Rücken, damit ich aufhöre. Die Glocke, die das Spiel und meine stolze Meisterschaftsgeschichte beendete, läutete endlich.

Noch im Ring erhielt ich ein paar lustlose Glückwünsche, aber auch Zwischenrufe, als Ahmed auf mich zukam und mir ins Ohr sagte: »Das war kein Move eines Champions.« Wenn ich noch etwas Kraft in meinen Armen übrig gehabt hätte, hätte ich ihm seine schiefe Nase gebrochen, aber so spuckte ich ihm nur etwas Blut ins Gesicht. Das war natürlich der letzte Sargnagel zu meiner Karriere.

Obwohl es in der Geschichte der Menschheit viel bedeutsamere Verbannungen gegeben hat als die meine, könnte ich eventuell unter den schnellsten drei Verbannungen landen. Ich musste meine letzten beiden Meisterschaften und meinen nationalen Athletenausweis abgeben. Ich erhielt eine lebenslange Disqualifikation für alle Spiele, in denen ich die Erde hätte vertreten dürfen. Dies geschah natürlich nicht aufgrund eines gewonnenen Fights oder meiner Spuckaktion. Es geschah, als Es'me beschloss, auf der Erde zu bleiben, und bekannt wurde, dass wir zusammen sind. Ich schätze, dass ich Aişe trotz ihrer abweisenden Art viel zu verdanken hatte. In der Nacht, in der ich dem Lynchmob entkam, in der Puppen in meiner Gestalt vor meinem Haus verbrannt wurden, nahm sie mich mit in ihr Haus und sah mir direkt in die Augen. »Ich möchte nur sicherstellen, dass du kein Perverser, sondern wirklich verliebt bist.«

»Und, was meinst du?«, fragte ich. »Du siehst selbst ziemlich überzeugt von meiner Liebe aus, das reicht mir.«

Ich versuchte, mit ein paar dahingenuschelten Worten so etwas wie Dankbarkeit auszudrücken »Ich wünschte, ich könnte mich klar ausdrücken, aber ich …«

»… du hast dich verliebt«, sagte sie. Waren das Tränen in ihren Augen?

Sie tat so, als räusperte sie sich, und sagte: »Also, wie erledigt ihr denn das Ding, na du weißt schon? Versteh mich nicht falsch, sie ist wunderschön, aber ich dachte, sie haben keine Genitalien …«

Ich tippte mit dem Finger auf meine Schläfe und sagte: »Wenn du wüsstest, was du hier oben alles tun kannst«, und lächelte sie an. Mit ihrem Blick ließ mich die junge Frau wissen, dass sie es nicht hören wollte.

Nun, das ist die Geschichte meines Untergangs. Die Ba'as-Spezies beschloss, die kulturelle Verbindung auf unbestimmte Zeit zu verschieben. Meine Zivilisation, die sich dank der Fusionsraketen über alle Sonnensysteme verbreitete, löschte die Liebesgeschichte eines ohrenlosen Kämpfers vollständig aus ihren Annalen aus. Mein Traum, meiner Familie die Frau, die ich liebe, vorzustellen, war sehr kurzlebig. Es ist ein unheimlicher Gedanke, aber manchmal frage ich mich: Was hätte mein Vater gesagt, wenn er noch am Leben wäre? Diese Frage stelle ich mir jedes Mal, wenn ich schweißgebadet aus meinen Albträumen aufwache und meinen Kopf auf ihre indigofarbene Brust lege. Und ihre Antwort mit ruhiger Stimme, die in meinem Kopf widerhallt, beruhigt mich und hilft mir, wieder einzuschlafen. »Du bist der stärkste Mann, den ich kenne.«

Tuğrul Sultanzade

Der Geist

Ich bin in Pasak-City, der Stadt des Drecks. Es regnet ohne Unterlass. In den einzelnen Regentropfen bringen sich Mikroengel um. In den Tränen des psychoaktiven Gottes leuchten Neons. Als sich der mysteriöse Vorhang des Regens für einen Moment öffnet, sehe ich die Station Bohra, den Thron der Aristokraten des Weltalls. Sie leuchtet wie ein toter Stern, ruft mich zu sich. Sie möchte ihren verlorenen Schechsade* zurückhaben. Ich werde es ihr aber nicht so einfach machen. Ich treibe mich in einem verlassenen Viertel von Pasak um. Früher gab es hier prächtige Einkaufszentren und Hotels. Übrig geblieben sind deren blasse Geister, die der Regen liebkost und an denen ich entlanglaufe. Ich trete in die Ruine eines Hochhauses ein. Die Lobby ist völlig leer. Die abgewrackten Treppen führen hinunter in den Keller, der vom Regen und Stadtgestank durch den Wind geschützt ist. Dort finde ich den Wahrsager. Zwischen milchigem Glas und giftigen Neonlichtern.

»Ich habe auf dich gewartet«, sagt er. »Glaubst du noch an Wahrsagerei?«

»Ist es möglich, nicht an die Macht der einfachen Dinge zu glauben?«

---

* Titel für die Prinzen des Osmanischen Reiches.

»Das freut mich. Ich werde dir aus einer unbekannten Zukunft Botschaften bringen.«

Ich glaube nicht an Wahrsagerei, aber diese Dinge sind trotzdem kleine Vergnügen. Denn die Zeit ist ein Rätsel, das weder Physiker noch Theokraten oder Geistliche lösen können. Ich respektiere die Untergrundtheaterkünstler, die die Begrifflichkeit der Zeit auf diese Weise interpretieren. Ich setze mich im Schneidersitz vor ihn hin. Auf den holografischen Tisch zwischen uns lege ich Plastikgeldscheine. Blitzartig nimmt er die Scheine. Dann ein kurzes Schweigen. Ich erhasche einen skeptischen, verstohlenen Blick. Ist alles in Ordnung? Ich kenne diesen Wahrsager seit Jahren, aber das hier ist neu, als sei da etwas Fremdes, jemand anders. Jemand Fremdes, der seinen Avatar benutzt, der zögert, mir ins Gesicht zu sehen …

Er zieht ein Deck Karten heraus, bewegt sie durch die Luft und legt sie auf den holografischen Tisch. Dann beginnt er zu reden. Formeln, Zungenbrecher und die zeitlose Dunkelheit der Augen, die vor Tausenden von Jahren in das Feuer schauten. Ich spüre, wie mir flau wird. Ich beschließe aufzustehen und zu gehen, ehe der Wahnsinn mich packt. »Ich glaube, das reicht …«

Er unterbricht mich mit leiser Stimme. »Noch ein bisschen Zeit?«

Das Neonlicht pulsiert und ein unverständlicher, flehender Ausdruck erscheint auf dem Gesicht des Wahrsagers. Auch wenn ich gehen will, zwingt mich etwas, hierzubleiben und zuzuhören, was der Wahrsager zu sagen hat. »Okay«, sage ich. »Ein neues Deck?«

»Das hier ist etwas anders. Glaub mir, es wird zu deiner Zufriedenheit verlaufen.«

In mir weben Zweifel ihre Netze, wie giftige Spinnen. »Welches Deck?«, frage ich.

»Das Spiegelkartendeck. Eher Kaleidoskop als zeitbasierte Deutung, das aus dir ein neues Du machen wird, dir alles in seiner Gesamtheit zeigen wird.«

Er dreht sich um und flüstert in die Finsternis. Kleine Glasscherben erscheinen in seiner Hand. Ich denke an einen fernen Planeten, Ketamingeruch und eine perlige, schmerzhafte Sehnsucht nach nebligen Meeren. Eine schneeweiße Fee in Satinstrümpfen wird aus dem Nichts heraus geboren. Die Quelle dieser Illusion scheint in der Handfläche des Mannes zu liegen. »Strecke deinen Finger aus und schließe deine Augen«, sagt er. Obgleich ich erahne, dass ich in eine Falle gelockt werde, erliege ich doch meiner Neugierde. Mein Finger bewegt sich in der Dunkelheit nach vorn, und sobald er die Glasscherben berührt, stürze ich in ein wirres Becken voller Erfahrungen aus dem Unterbewusstsein.

Der König der Herzen sitzt auf seinem Thron und beobachtet mich mit einem fötusblassen Lächeln auf seinen Lippen. »*Grazna*«, flüstert er. »*Du hast dort eine Schwangere zurückgelassen.*«

Entsetzt reiße ich die Augen auf. Die Wahrheit erscheint jetzt nackter und roher als je zuvor. Die Spiegelkarten schmelzen zu einem blutigen Mosaik zusammen. Das hier ist eine Sinfonie des Grauens, entstanden aus meiner eigenen genetischen Spirale. »Was hast du getan?«, flüstere ich. Meine Schläfen pochen. Der Wahrsager lacht: »Es ist die neueste Version der neurologischen Manipulation, die ich hier eingesetzt habe.«

Mein Puls rast. »Du Widerling …«

»Ich habe nichts gemacht, Euer Ehren, mein Schechsade.«

»Wichser!«, brülle ich. Schwarze Punkte erscheinen vor meinen Augen. Mir ist schwindelig. Ich sehe den abgebrühten Blick auf seinem Gesicht. Ein triumphierendes Lächeln verhöhnt mich.

»Du hast mir meine heiligste Erinnerung gestohlen …«

»Na, gestohlen habe ich sie nicht«, sagt er spöttisch. »Sie haben sie mir aus freien Stücken gezeigt.«

»Krepieren sollst du!«

Als ich nach der Pistole an meiner Hüfte greife, verschwindet der Mann. Das Neonlicht erlischt. In dem Moment, in dem ein unangenehm riechender Schatten an mir vorbeizieht, spüre ich eine tiefe Angst und mir wird übel. Der Soldat, der vor ein paar Tagen in Bohra getötet und dem seine gesamte Ausrüstung gestohlen wurde, blitzt in meinem Gedächtnis auf. Alles kommt zusammen. Tatsächlich spiele ich gerade Bäumchenwechseln mit einem Geist, der mir den ganzen Weg von der Station gefolgt ist und mein Ziel erahnt hat. Außerdem verfügt er über eine Technologie, die ihn unsichtbar macht. Was will er von mir? Einen Trumpf gegen die Herrschaft meines Großvaters?

Ich fühle mich verwundet. Ich betrachte das brennende Feuer in den Fässern, die von der Decke hängenden Netze und die Tonmasken an den Wänden. Mein alter Freund, der augenscheinliche Wahrsager, steht unter dem Einfluss von diesem Geist.

Ich spüre eiskalte Angst in meinem Nacken. Die Gefahr ist größer, als ich dachte. Ich klettere die abgewrackte Treppe hinauf. In diesem jaulenden Loch namens Pasak fließen brandneue Sinfonien in die Nacht. Die neobrutalistische Finsternis, verkörpert in Wolkenkratzern, senkt sich herab. Regenwolken nehmen die glitzernde Reflexion der Stadt auf und verdichten sich am Himmel.

Ich wandere am Ufer des Wahnsinns. Zeit fließt asynchron. Es regnet weiterhin und meine Gedanken fließen auf chaotische Weise. Ich konzentriere mich auf meine Hirnimplantate, um der Polizeibehörde eine Nachricht zu schicken.

DER FEIND IST IN PASAK CITY. ER IST IM BESITZ GEHEIMER TECHNOLOGIEN.

Die Nachricht bleibt an den Grenzgebieten meines Geistes stecken, da ich von jeglicher Technologie in meiner Gegend abgeschnitten bin. Jetzt erst beginnt für den Geist der eigentliche Spaß. Er hat mich fast nackt in einer mir unbekannten Stadt zurückgelassen. Außerdem wartet er wohl auf mich an meiner nächsten Station, während ich nicht mal weiß, wo das sein wird. Ich versuche, unerschrocken und aufrecht zu wirken, aber mein regendichter Trenchcoat klebt an mir fest. Ich bin ein feiger, verachtenswerter Schechsade. In den Regenpfützen, die die Löcher im Asphalt füllen, sehe ich eine verzerrte Reflexion der Stadt, des Kosmos, meiner Einsamkeit.

Die blinkenden Lichter an den Automaten fantasieren schreckliche Botschaften. »Eine lebendige Voodoo-Puppe. Für ein paar Scheine kannst du sie haben.« Ich betrachte die Reihen von Puppen in Plastiktüten. Ein Schaufenster der Kuriositäten. Ein Mosaik aus Heilkunst und Geisterkunde. Ein Lied aus Hormonen und billigem Kohlenstoff. Inmitten dieses Unbehagens taucht eine leuchtende Assoziation auf. Ich orientiere mich wie eine Spinne in der Dunkelheit. Ich gehe hinaus auf die Straße. Hier spielt sich das Nachtleben an der Oberfläche von Pasak ab. Mörder, Straßenhändler und Manipulatoren überall; alle haben ihr Leben satt, die psychotische Bevölkerung von Pasak ist bereit für den Kampf. Ein Fluss voller biosynthetischer Regenschirme, Regenmäntel und vulnerabler Gefühle. Die Neonlichter erheben sich wie Hymnen aus Lila, Rosa und Rot. Wulstige Wolken hängen herab und gießen die Nacht über uns. Ich bin eingeschmiert mit Tränen beschmutzter Engel.

Neben mir höre ich die Stimme einer an Syphilis erkrankten Frau. Sie übertönt die Stimmen der Fußgänger und fängt mich ein. Sie ruht auf den Schultern eines stämmigen, zweieinhalb Meter großen Wachmanns. Ihre Beine sind amputiert, ihre Nase ist an der Wurzel abgerissen. Parasiten in ihrem Mund. Eine symbiotische Lebensweise. Parasiten fermentieren die Chemikalien, die sie am Leben erhalten. Solche Frauen haben mindestens drei Leben gelebt. Sie schreit, gefangen in einem kranken Körper. Die Schreie rufen dich zu den Folterzellen, kaltem Fleisch und kranker Schminke. Sie rufen dich in die Dunkelheit, wo Tränen wie Regen fließen, in die Schaufenster der Einsamkeit, wo die menschliche Seele verrottet.

Sie fragt immer wieder: »Was bist du? Ein Vosem, ein Soldat, oh, oder einer von der Partei?«

Ich stehe über allem, was sie da aufzählt. Allein mein schwarzer Trenchcoat kostet mehr als die ganze Straße. Ein anmaßendes Lächeln breitet sich auf meinem Gesicht aus. »Keins davon«, sage ich. Sie lächelt zurück, als würde sie mich imitieren. Das kranke und faltige Gesicht verwandelt sich in Matsch.

»Ich habe Mädchen, die in acht Oktaven Schmerz und Vergnügen stöhnen können … Falls du kein Mädchen willst, gibt es auch andere Dinge …«

»Besorge mir eine Folterzelle.«

In dieser Welt gibt es keine Etikette, keine Rücksicht, keinen Respekt. Nur in Strömen fließendes Geld, nur giftige Neonlichter, nur Flucht und Verfolgung. Von Schatten umgebene Märkte, in Nylon gehüllte Körper, den Handel mit skurrilen

Dingen. Danach kommt ein Marathon, bei dem du dich drehst und wendest. Oft verirrst du dich. Dort jagt dich das Leben. Manchmal sind es Wünsche, manchmal ein Feind, dessen Namen du nicht kennst. Ein Geist, etwa. Der Gedanke an ihn erfüllt mich mit Stolz, denn diesmal passe ich auf – ich bin auf der Hut. Ich folge der Frau mit Syphilis und dem gigantischen Körper, an den sie sich klammert, eine verfallene Marmortreppe hinunter.

Der Ort sieht aus wie ein herkömmlicher Stripclub. Die Tanzfläche wirkt wie ein Mosaik, das wie scharfe Eisstücke glitzert. Mein neurologisches Universum schmerzt, als lägen meine Nervenenden frei. »Wir wollen dich nicht warten lassen, Eure Hoheit der Schechsade«, sagt die Frau. »Geh die Treppe hinauf.« Aus dem Augenwinkel werfe ich einen Blick auf die Tanzfläche; Frauenprojektionen mit Brüsten und Unterleibe bedeckt mit Wimpern, regenerierte weibliche Zombies, elektrisch stimulierte Schlämme und wie Sumpfmonster aussehende Mutanten …

Stillschweigend gehe ich zu der gezeigten Tür. Ähnlich wie eine Ideologie manifestiert sich die Heilkunst in allem. Alle Gesichter und alle Formen dieser Stadt sind unter ihren krankhaften Instrumenten niedergestreckt. Ich schaudere. In dem Moment, in dem ich durch die Tür gehe und die Treppe hochsteige, sehe ich sie oben. Ein Wind weht vorbei, er trägt kalte Ketaminblüten. Exakt, wie ich mich an sie erinnere. Meine betörende jungfräuliche Hure. *Sie haben mich ausgepackt, ich bin auf diese Welt gekommen, um für einen Moment Ihnen zu gehören …* Satinstrümpfe, lange seidige Beine, ein leichtes Lächeln und nackte Brüste. »Hallo«, sagt sie, als sei es etwas Magisches. »Heute Nacht können Sie mit mir machen, was Sie wollen.«

Mein Herz pumpt schmerz- und lustvolles Blut durch meinen Körper. Ist sie es? Oder träume ich? Ist es dieselbe androide Prostituierte, mit der ich im obersten Stock eines Wolkenkratzers in Grazna Sex hatte? Sie wurde in ihrer synthetischen Hülle geliefert. Sie war eine temporäre Lebensform, designt für eine einmalige Verschmelzung. Als ich eine Treppenstufe nach der anderen hinaufsteige, denke ich an sie, an das neblige Stadtbild von Grazna, an das Elend, an diese Bruchbude von Wolkenkratzer und daran, wie ich in der Androidin kam, während all diese Eindrücke auf mich einstürmten.

Die jungfräuliche Hure schaute mir ein letztes Mal in die Augen und murmelte: »Danke, Herr.« Dann kühlte ihr Körper schnell ab und sie starb. Sie wurde geboren, um mir zu dienen. Ich hatte sie geweckt und ich hatte sie getötet. Und ich konnte sie nie vergessen, meine heilige, sündige Erinnerung. Also habe ich mich immer nach der Erinnerung einer Silikonstatue gesehnt. Ihre unwirklichen Kontraktionen, ihre Liebe und Treue. Aber die Halluzination sagte nun, ich hätte *eine schwangere Frau* in Grazna zurückgelassen. Wie konnte das sein? War die Androidin etwa noch am Leben?

Bei diesem Gedanken werden meine Knie weich. Als ich die Treppe hinaufsteige, merke ich, dass die Frau, die mir ihre schlanke und hohe Gestalt zeigt, in Wirklichkeit eine Projektion ist. Der Geist ist wieder am Werk. Wir haben jetzt die Plätze getauscht – ich bin der Jäger und er der Gejagte. Dennoch habe ich Angst, vielleicht lockt er mich gerade mit diesem Gedanken in eine Falle. Wir befinden uns auf der Ebene der Folterzellen. Ein dunkler Mann wartet im Inneren der Kabine. Ich zähle ein paar Plastikscheine in seine Hand. Ich kann gerade keinen Kredit benutzen, da ich von jeglicher Technologie abgeschnitten bin, auch von Finanztechnologien. Der Mann nimmt das Geld an und gibt mir und der Projektion je eine Pille. Wir gehen bis zum Ende des Korridors, ohne ein Wort zu sprechen. Gedämpfte Stimmen kommen durch Kunststofftüren. Ich spüre, wie ein Wirrwarr von Sinnen in meinem Körper erwacht.

Sobald wir den Bereich der Folterzellen betreten, gehen alle Lichter der Welt aus. Die phosphoreszierenden Knochen der Frau leuchten unter ihrer Haut. Ihr Pony, ihr tiefschwarzer Bob, der im Nacken endet, und die hypnotisierende Eleganz ihrer großen Augen spielen mit meinen Gefühlen. Dies ist tatsächlich eine Kopie der Androidin, mit der ich im Wolkenkratzer in Grazna eins geworden bin. Der Geist hat eine neue Projektion erschaffen. Ahnungslos über meine Gedanken steuert sie auf die Duschkabine zu. Sie stellt sich vor die Milchglasscheibe. Sie zieht das Stück Stoff, das sie trägt, aus und lässt es fallen. Jetzt ist sie völlig nackt, so nackt wie in meiner Erinnerung. »Wichser!«, zische ich innerlich. Er stiehlt meine dunkelste, sündigste Erinnerung und quält mich damit. Vielleicht wartet er darauf, dass ich mich an die Lippen der Projektion mache.

Offensichtlich befindet sich hinter der Projektion der gefangene Körper des Wahrsagers. Und unter diesem Körper befindet sich mein Feind. Ich stöhne. *Was ist deine Absicht, was willst du? Ist es Geld, Macht oder Vergnügen?* Ich bin ertappt, in der Falle, ein klaustrophobisches Jucken drückt von allen Seiten auf mich ein. Er muss geahnt haben, dass ich hierherkomme, und hat sich verkleidet, um mich so zu treffen.

»Dusche«, sagt er mit schwacher Stimme.

Ich ziehe mich mit militärischem Eifer aus und betrete die Kabine. Die Intimität hier drin ähnelt dem Neonlicht an der Decke. Ich stelle das Wasser an und warte. Ich schaue mir die Pille in meiner Hand an. Die Wände der Kabine scheinen mich einzuquetschen, der Raum ist gerade mal so groß wie mein Körper. Ich verliere jegliche Hoffnung. Das ist die Folterzelle. Ein Schrein der banalsten und vulgärsten Vergnügungen. Der Schatten hier entstammt nicht den Implantaten oder dem chemischen Doping, sondern dem Kern der menschlichen Seele. Es ist das Zeitalter von Raumstationen, so groß wie Sterne, aber wir sind immer noch Gefangene vom Dämon im Kern unserer Seelen.

Nach einer kurzen Zeit unter der Dusche kehre ich in die dunkle Falle zurück. Nachdem die Projektion wie ein gleichgültiger Automat duscht, treffen wir uns auf dem Bett. Die Pille ist immer noch in meiner Hand. Bereit, meine Kraft zu saugen und sich in eine mächtige Erektion zu verwandeln. Die Frau bringt mir ihre nasse Haut näher. »Willst du es nicht?«, fragt sie ängstlich. Mein Gedächtnis spielt verrückt. Schon wieder könnte ich schwören, dass sie es ist … Oder eine widerliche Projektion von ihr. Ich habe es satt, auf diese Weise beleidigt, gedemütigt und verletzt zu werden. Ich steige auf den künstlichen Körper und verpasse ihm einen kräftigen Schlag ins Gesicht. Die künstlichen Knochen zerspringen. Sie reißt ihre Augen auf wie im Gebet und blickt durch die Trümmer ihres Gesichts.

Das Leben ist völlig still: der Regen hinter den Mauern, die Geräusche von Pasak, meine Ängste. Sogar mein Blut kühlt ab. Ich warte darauf, dass irgendetwas passiert, dass die Wachen hereinplatzen, dass giftige Insekten aus der Leiche kriechen … Dann erscheint ein Lächeln auf dem zerstörten Gesicht der Frau. »Du bist schlau, aber du bist auch ein Feigling …«

Das Phantom fließt aus der Hure wie ein übel riechender Eiter. Mein Feind ist neben mir, aber unsichtbar. Ich schlage meine Faust in die Dunkelheit. »Stirb! Stirb! Stirb!«

Ich berühre die nasse Haut meines Feindes, aber als ich der schwachen Spur hinterherlaufe, die er hinterlassen hat, stolpere ich und falle. Teuflisches Gelächter schallt durch den Raum, er läuft nach links und rechts, verwirrt und beleidigt mich. Schließlich stoppt er. Er muss meine Hilflosigkeit gesehen haben. »Wo ist der Wahrsager?«, frage ich mit frustrierter Stimme.

»Ich habe ihn auf einem mit Heilkunst verrauchten Gitter liegen lassen. Die Müllmänner werden ihn bald finden und an eine Untergrundklinik verkaufen. Und dein heiliges Geheimnis wird mit ihm verkauft. Während sie den Körper deines Freundes öffnen, werden sie deinen blutigen Fötus rekonstruieren können. Das Ansehen deines Großvaters steht jetzt auf dem Spiel, Schechsade … Du hast diese Androidin geschwängert, sie ist nicht tot, sie ist noch am Leben …«

Der Schmerz springt in mein Gehirn. Mit einer plötzlichen Bewegung greife ich nach meiner Hose auf dem Boden und schnappe mir die Pistole, die im Gürtel steckt. Schreiend und Tränen vergießend schieße ich in jeden Winkel der Dunkelheit. Als ich das Magazin vollständig entleert habe, ist der Geist schon geflohen. Jetzt gibt es nur noch eine offene Tür und den Körper, der auf dem Bett liegt. Mein Gemüt ist in Aufruhr.

Der Geist muss mehr von mir gestohlen haben. *Es spielt keine Rolle mehr …* Ich schließe die Tür und lege mich neben die Leiche auf dem Bett. Ich umarme die Kälte des toten Körpers, der einer Schaufensterpuppe ähnelt.

Özgür Tacer

Einheimische Science Fiction in der Türkei: Ein Kampf ums Überleben

Seit Beginn der 2000er-Jahre beobachten wir eine Zunahme der Science-Fiction-Literatur in den Regalen der türkischen Buchhandlungen und in den vergangenen zehn Jahren vor allem von Schriftstellern aus der Türkei geschriebener SF. Hochwertige Einbände, professionelle Coverdesigns und interessante Klappentexte sorgen zudem dafür, dass sich die Bücher nicht wesentlich von denen westlicher Autoren unterscheiden. Ist dies das Happy End des 150-jährigen Überlebenskampfes der einheimischen Science Fiction oder ist es erst der Anfang? Um diese Frage zu beantworten, ist es zunächst notwendig, einen Blick auf die Entwicklungsgeschichte der hiesigen Science Fiction und auf ihre verschiedenen Reifungsstufen zu werfen.

Science Fiction im Osmanischen Reich: Wahre Träume?

Um die Spuren der Science Fiction in unserer Region zu entdecken, muss man etwas weiter zurückgehen als bis zur Gründung der Türkischen Republik (1923), nämlich bis zu den letzten, turbulenten Krisenjahren des Osmanischen Reiches. In ihrer Studie mit dem Titel *Osmanische Science Fiction: Wissenschaftliche Literatur* (*Osmanlı Bilim Kurgusu: Fennî Edebiyat*. İletişim, 2013) stellt Seda Uyanık fest, dass Science Fiction in der Literatur zu diesen Zeiten mit dem Begriff »fennî roman« (wissenschaftlicher Roman) bezeichnet wurde. Vor allem zwischen 1875 und 1905 wurden insbesondere zahlreiche Romane von Jules Verne ins osmanische Türkisch übersetzt. Daher kann man mit Gewissheit davon ausgehen, dass der wissenschaftliche Inhalt dieser Romane von fundamentalem Einfluss war und deren Übersetzungen auch zur wichtigsten Referenzquelle für die osmanische Science Fiction wurden.

Der sich wegen des Tripolitanischen Krieges (1911–1912), der Balkankriege (1912–1913) und schließlich des Ersten Weltkriegs ausbreitende Pessimismus spiegelt sich natürlicherweise in der Literatur wider und stellt gleichzeitig eine der ersten Stationen der osmanischen Science Fiction dar. Zu dieser Zeit wurde in der türkischen Literatur eine zuvor noch nie erreichte Anzahl utopischer Werke verfasst. Obwohl die Zugehörigkeit von Utopien zur Science Fiction bestreitbar ist, sind sie dem Genre zuzuordnen, insofern sie wissenschaftliche Elemente beinhalten. Ein gemeinsames Motiv in vielen dieser Werke sind Traumerzählungen.

Das erste bekannte Beispiel für eine Traumerzählung, die die Science Fiction als Ausdrucksform prägt, ist Ziya Paşas *Rüya* (*Der Traum*). In diesem Werk, das 1869 in der HÜRRİYET-Zeitung veröffentlicht wurde und im Stil eines Dialogs geschrieben ist, führt Ziya Paşa im Traum ein Gespräch mit dem damaligen Sultan Abdülaziz. Dabei erklärt Ziya Paşa dem Sultan, warum er meint, dass das Land schlecht regiert wird, informiert ihn über die Hauptziele der Organisation der

Jungosmanen und betont die Bedeutung einer verfassungsmäßigen Ordnung und der sogenannten volonté générale, des Gemeinwillens. Der Text endet, indem Ziya Paşa aus seinem Traum aufwacht. Während seiner Exilzeit in Magosa schrieb Namık Kemal einen ähnlichen Text mit demselben Titel: In seinem Traum spricht der Autor durch den Mund einer Figur namens Hürriyet Perisi (die Freiheitsfee) und versucht, die Menschen gegen Gefangenschaft und Unterdrückung zu mobilisieren.

Obgleich keine direkte Verbindung zwischen diesen Texten und der Science Fiction besteht, zählen sie dennoch zu den Vorläufern der osmanischen SF. Diese Werke entstanden in den frühen Jahren der Tanzimat-Literatur*, zu einer Zeit, in der Erneuerung und Innovation in der Literatur groß geschrieben wurden. Es sind Leittexte, die die wissenschaftliche Literatur geprägt haben, indem sie Literatur zum Instrument für politische Debatten machten und sich dabei der Träume und der Phantastik bedienten. Ahmet Mithat Efendis *Fennî Bir Roman Yahut Amerika Doktorları* (1889, *Ein wissenschaftlicher Roman oder Die Ärzte Amerikas*) ist das erste Werk, das den Begriff des ›wissenschaftlichen Romans‹ in seinem Titel benennt. Das Buch lehnt den Materialismus ab und zählt die Schäden von »zu viel Zivilisation« auf. Mit dieser Prämisse distanziert es sich vom Ideal des Fortschritts, sieht aber die Notwendigkeit ein, mit der Zeit Schritt zu halten, und damit legt es den grundlegenden Diskussionsboden für die osmanische Science Fiction fest.

* Als Tanzimat (deutsch ›Anordnungen‹ oder ›Neuordnung‹) wird die Periode tiefgreifender Reformen im Osmanischen Reich bezeichnet, die 1839 begann und 1876 mit der Annahme der Osmanischen Verfassung endete.

Es gab aber in der Tanzimatzeit keinen einheitlichen intellektuellen Ansatz und Meinungen klafften auseinander, genauso wie bei den Science-Fiction-Autoren dieser Epoche. Tanzimat war eine Zeit, in der man versuchte, neue politische Ideen zu verbreiten, und diese ermöglichten eine engere Verbindung zwischen Ratio und Literatur. Die nahezu vollständige Instrumentalisierung der Tanzimatliteratur zur Vermittlung politischer Botschaften führte dazu, dass literarische Diskussionen eher auf politischer Ebene als unter ästhetischen Gesichtspunkten geführt wurden. Themen wie Verwestlichung, Aufklärung, Zivilisation, Islam, Positivismus usw., die wissenschaftlichen Erzählungen einen politischen Aspekt geben, bilden den Kern der osmanischen Science Fiction, da sie auch den Kern der Bemühungen ihrer Autoren bilden, die Zukunft vorauszusehen oder alternative historische Erzählungen zu konstruieren.

Celal Nuris *Tarih-i İstikbal* (1913, *Eine Historie der Zukunft*) zum Beispiel ist eine säkulare phantastische Erzählung über Zeitreisen nach dem Tod und eine Satire über bestimmte Aspekte des islamischen Glaubens. In Yahya Kemals Erzählung *Çamlar Altında Musahabe* (1913, *Unterhaltungen im Schatten von Tannenbäumen*) reist der Leser im Traum in das Istanbul der Zukunft. Yahya Kemal versöhnt Tradition und Technik in seiner Geschichte und stellt sich die Stadt in der Zukunft mit Flugzeugen, futuristischen Megastrukturen und heroischen Monumenten vor. Außerdem gibt es in seiner Vorstellung keine Mautgebühren für die Passage der Haliç-Brücke. In dem Werk *Rüyada Terakki ve Medeniyet-i İslamiye-i Rü'yet* (1913, *Fortschritt im Traum und die Vision einer Islamischen Zivilisation*) des Schriftstellers Molla Davudzade Mustafa Nazım handelt es sich erneut um eine Traumreise in das 23. Jahrhundert, in dem das Osmanische Reich die Technologie des Westens übernimmt, seine eigenen moralischen Werte aber bewahrt. Auf diese Weise wird ein Wohlstand ohne Verlust der eigenen Wurzeln ermöglicht. Währenddessen kann in dieser Vorstellung der Westen die technologischen Innovationen nicht mit einer eigenen Spiritualität konsolidieren und bricht komplett zusammen. In *Ruşeni'nin Rüyası* (1914, *Ruşenis Traum)* konstruiert Hasan Ruşeni Barkın erneut eine wissenschaftliche osmanische Utopie, in der die Jungtürken auf den Grundlagen sowohl des islamischen Glaubens als auch der Wissenschaft eine techno-islamische Utopie gegen den westlichen Kolonialismus gründen (Uyanık, 2013). Der gemeinsame Nenner der oben genannten Werke – eine Rhetorik der Auferstehung, des Aufbäumens – ist sicherlich kein Zufall: Es ist ein Versuch, durch die Literatur ein zerfallendes Reich zurück zur »asr-ı saadiye«, einer Ära des Wohlseins zu führen. Andererseits wird in der Mehrheit dieser Werke eine ausgrenzende und eher negative Haltung gegenüber Nicht-Muslimen im Land sehr deutlich. In diesen Werken ist der »Westen« ein Feind, der zwar den technischen Fortschritt auf seiner Seite hat, dem es jedoch an Spiritualität mangelt. Er ist mit der osmanischen Wiedergeburt zum Untergang verdammt. Laut dieser Gleichung wird die westliche Kultur mit fortgeschrittener Technologie, Mechanisierung und auch Degenerierung gleichgesetzt und der Islam und die Tradition als Weg zur Verwirklichung wissenschaftlicher Ideale vorgeschlagen. Die beiden Begriffe Technologie (der Westen) und Tradition (das Osmanische Reich) stehen dabei entweder im absoluten Konflikt oder können nur bedingt koexistieren. Mit anderen Worten werden diese beiden Kategorien entweder niemals miteinander vereinbar sein, oder aber es wird eine utopische Gesellschaft entstehen, wenn sich die beiden Pole in der Mitte treffen können.

Die Reise der Hauptfiguren in die Zukunft, meist in einem Traum, ist also das Hauptmotiv in diesen Werken, das für die Konstruktion einer Zukunftsvision verwendet wird. In der osmanischen Science Fiction werden die fiktionalisierte Wissenschaft und Technologie nie durch Praxis erreicht oder die damit verbundenen Errungenschaften als natürliche und evolutionäre Stufen der Geschichte dargestellt. Sie werden den Osmanen quasi als Belohnung für nationales Bewusstsein und ihre Spiritualität geschenkt. Die Zukunft ist nichts als eine Reihe von Geschehnissen, die durch einen Traum beobachtet und interpretiert werden. Dahingegen haben wir es mit einer Art von Realismus zu tun, der unterstreicht, dass die wissenschaftliche Vorstellung letztendlich doch nur eine Vorstellung ist. Diese nimmt zwar den Leser im Traum auf eine Reise mit, aber am Ende bringt sie ihn immer wieder zurück in die Realität. Die Traumerzählung stellt mit ihrem Beginn und ihrem Ende eine scharfe Grenze zwischen Realität und Fiktion dar. Da sie außerdem die Möglichkeit bietet, die Verantwortung des Erzählten auf das Unterbewusste zu schieben, stellt es für den Schriftsteller im Falle einer möglichen Zensur oder Ermittlung einen Schutz dar.

Die ersten Jahre der Republik: langes Schweigen

Der Geburtsschrei der Science Fiction zur Zeit des Zerfalls des Osmanischen Reiches verwandelte sich während der Ausrufung der Republik im Jahr 1923 in tiefes Schweigen, da alle oben genannten Diskussionen ihre Daseinsberechtigung verloren. Der Ansatz, politische Botschaften vor literarische Kriterien zu stellen und wissenschaftliche oder technische Vorhersagen zugunsten der Ideologie zu instrumentalisieren, konnte in der Literatur nicht mehr Fuß fassen. Das einzige

Science-Fiction-Werk, das in der Zeit nach der Gründung der Republik bis in die 1950er-Jahre registriert werden kann, ist Dr. Vedii Bilgins 1943 erschienener Roman *Rüya mı Hakikat mi?* (*Traum oder Wahrheit?*). In diesem Roman reist der Erzähler auf unbekannte Weise zum Mars, nimmt Kontakt mit einer fortgeschrittenen Zivilisation auf, diskutiert mit ihnen Themen wie Gesundheit, Langlebigkeit, Wissenschaft und Technologie und kehrt letztendlich auf unbekannte Weise zur Erde zurück. Wie üblich wacht unser Autor auf und stellt fest, dass alles ein Traum war. Über den Autor Bilgin ist nicht viel bekannt. Das Werk ist offensichtlich von der Science Fiction der Prä-Republik inspiriert und ging als unabhängiges Genre-Experiment in die Literaturgeschichte ein.

In den 1950er-Jahren wurde in der Türkei durch die gleichnamigen Filme ein regelrechter *Flash Gordon*-Boom ausgelöst, wobei Gordon unter dem Namen »Baytekin« implementiert wurde. Die Beliebtheit dieser Filme konnte jedoch nicht dazu beitragen, dass Science Fiction sich im Land als Genre etablierte. Die Filme wurden eher als Unterhaltung für Kinder gesehen. In einer zehnbändigen Romanserie mit dem Titel *Yeni Dünyalar* (1954/55, *Neue Welten)* übersetzte der Çağlayan-Verlag eine zufällige Auswahl von Romanen aus den 1930er- und 1940er-Jahren, dem goldenen Zeitalter der amerikanischen Science Fiction, ins Türkische. Diese Romane, in deren Übersetzungen öfter ganze Passagen ausgelassen oder hinzugefügt wurden, entstanden aus rein kommerziellen Motivationen. Außerdem wurden sie zu niedrigen Preisen verkauft und stellen somit die ersten Beispiele für »Pulp«-Science-Fiction in der Türkei dar. Sie wurden in dieselbe von literarischen Kreisen verachtete Ecke geworfen wie Krimi, Horror und Action und reichten weder aus, um ein Bewusstsein für Science Fiction zu schaffen, noch erreichten sie ein Qualitätsniveau, das dem Genre »Seriosität«

verleihen würde. Tatsächlich folgten weitere zwanzig Jahre des Stillschweigens.

Die 1970er-Jahre: Einsamkeit hat viele Namen

Bekanntlich stand die zweite Hälfte des 20. Jahrhunderts im Zeichen des Wettlaufs ins All zwischen den USA und der UdSSR. Vermutlich Dank der dadurch erzeugten dynamischen Energie und der Begeisterung über die Mondlandung, veröffentlichte der Okat-Verlag eine 16-bändige Science-Fiction-Reihe. Auch diese Serie wurde mit einem ähnlichen Konzept wie dem des Çağlayan-Verlags veröffentlicht, mit sogar noch schlechteren Übersetzungen. In den 1980er-Jahren folgte dann eine Science-Fiction-Reihe des Baskan-Verlags. Diese Veröffentlichungen brachten mehr Schaden als Nutzen. All diese Werke, die eigentlich die besten des Genres waren, verloren durch rein kommerzielle Hintergedanken massiv an Wert und führten dazu, dass Science Fiction als niedere Literatur abgestempelt wurde. Dennoch schafften es diese Bücher allein schon durch ihre Covergestaltung Leserschaft in den Bann der Science Fiction zu ziehen. Science-Fiction-Serien und -Filme, die in diesen Jahren im Fernsehen erschienen, vor allem STAR TREK, hatten eine Katapultwirkung auf die Science-Fiction-Literatur. Jugendliche, die mehr Science Fiction lesen und sehen wollten, gründeten eine kleine Subkultur. Es lagen Welten zwischen ihnen und der Literatur und dem Kino des Mainstreams. Und das Wichtigste: Sie waren einsam. So sehr, dass Fans, bevor sie ihre Bücher zum Verkauf zum Antiquariat brachten, ihren Namen, ihre Adresse und ihre Telefonnummer in die Bücher schrieben, in der Hoffnung, den neuen Besitzer ihres Science-Fiction-Romans kennenzulernen.

Die Gründung von Plattformen, auf denen Science-Fiction-Fans sich treffen konnten, war zweifellos das einzige Heilmittel dagegen. In einer Zeit, in der das Internet noch Jahrzehnte entfernt war und die Entfernungen zwischen den Städten immer noch sehr groß, entstand ANTARES, das erste türkische Science-Fiction-Fanzine.

Sezar Erkin Ergin, ein Mathematikstudent an der METU (Technische Universität des Nahen Ostens) machte im Oktober 1971 jeweils neunseitige Kopien und verteilte diese mit eigenen Mitteln. Wie die ins Meer geworfene Flaschenpost schafften es diese Kopien bis zu einem Science-Fiction-Kongress in Italien und wurden dort sogar mit einem Preis geehrt! Das Fanzine fungierte gleichzeitig als Fanclub und organisierte Treffen in Istanbul und Ankara. ANTARES kehrte nach einer längeren Pause 1974 mit mehr Seiten und einem reicheren Inhalt zurück. In den 13 Jahren, in denen dieses Fanzine existierte, überstieg die Auflage niemals 150 Exemplare pro Ausgabe, aber mit sowohl türkischem als auch englischem Inhalt, der Publikation von übersetzten und urheberrechtlich geschützten Geschichten, den Neuigkeiten aus der Welt der Science Fiction, aber vor allem mit seiner Botschaft, dass Fans nicht allein sind, verdiente sich ANTARES einen wichtigen Platz in unserer Geschichte der Science Fiction.

Im Jahr 1976, diesmal in Istanbul, begann Selma Mine das Science-Fiction-Fanzine X-BİLİNMEYEN (X-Unbekannt) herauszugeben. Da diese Zeitschrift sogar in einer Druckerei angefertigt wurde, verbesserte sich die Druck- und Inhaltsqualität schrittweise und erreichte sogar eine Auflage von mehreren Tausend Exemplaren. Später wurde der Name auf EVREN (Universum) geändert, bevor sie 1981, mit der 64. Ausgabe, eingestellt wurde. Dank der Aufnahme von Essays und Artikeln neben türkischen und ausländischen Geschichten, konnte X-BİLİNMEYEN eine umfangreichere Auswahl bieten.

Vor allem hatte die Begegnung mit den Lesern eine zentrale Bedeutung und die türkische Community begann sich zu diesem Zeitpunkt aufzubauen.

Dass die türkische Science Fiction in den 1970er-Jahren noch in den Kinderschuhen steckte, auch wenn sich eine gewisse Leserschaft bildete, lässt sich daran erkennen, dass das Genre hier nicht einmal einen Namen hatte. Der englische Begriff »Science Fiction«, der zunächst als »Wissenschaftsroman« Gebrauch fand, änderte sich nach der Sprachrevolution (1932) in andere Formen wie »fiktionalisierte Wissenschaft« und »wissenschaftlicher Roman«, bevor schließlich in der Januarausgabe 1973 des türkischen Sprachjournals TÜRK DİLİ DERGİSİ der türkische Begriff »bilimkurgu« erwähnt und besiegelt wurde. Die Person, die den Begriff prägte, war niemand anders als der Journalist und Schriftsteller Orhan Duru (1933–2009), der später seine eigenen Science-Fiction-Geschichten publizierte. Ungefähr zur gleichen Zeit erschienen auch die ersten Beispiele für einheimische Science-Fiction-Geschichten: Metin Atak schrieb 1970 die wahrscheinlich erste Space Opera der Türkei: *Gezegenler Savaşıyor* (*Planeten kämpfen*). Selma Mine veröffentlichte zwei neue Science-Fiction-Romane in X-BİLİNMEYEN, gefolgt von mehreren SF-Büchern für Kinder. Es waren die Zeitschriften und die darin veröffentlichten Kurzgeschichten, durch die die türkische Science Fiction Gestalt annahm.

Um den Journalisten, Schriftsteller und Kritiker Zühtü Bayar zum Thema einheimische Science Fiction in den 1970ern zu zitieren: »[…] für die Türkei ist das jetzt eine neue Art von Kunst, ein neuer Zweig der Literatur. Sicherlich kann ein solch neuartiges Thema, ein neuartiges Werkzeug oder eine neuartige Methode aus dem Westen, sei es in den Bereichen der Kunst, der Wissenschaft oder der Technologie, zunächst auf Ablehnung stoßen, da sie fremd sind.

Aber mit der Zeit kann man sich damit anfreunden, sich daran gewöhnen, es für sich nutzen, sogar dazu beitragen und es übertreffen. […] Außerdem, wenn es schon in der türkischen Literatur Science Fiction geben wird, dann muss sie unbedingt originell sein. Die Geschichten riechen nach Übersetzung. Sie stehen weitgehend unter dem Einfluss des Westens. Die Namen sind fremd. Ich gebe zu, dass wir, Sie und ich eingeschlossen, immer noch ausländische Namen verwenden, weil wir Science Fiction als Teil einer fremden Kultur betrachten. Aber das wird sich in der Zukunft ändern, und die türkische Literatur wird beginnen, originale Science Fiction zu produzieren. Das werden wir in der Zukunft, in den nächsten Jahren, beobachten.« (ANTARES, Ausgabe 4, Herbst 1974)

Diese Feststellung von Zühtü Bayar ist ziemlich zutreffend. Es ist bemerkenswert, dass die Science Fiction nicht nur in Bezug auf die behandelten Themen, sondern auch in ihrer Ausdrucksform nach westlichem Kodex konstruiert wurde, weshalb der Lokalisierungsprozess ziemlich schmerzhaft war. Andererseits schlossen literarische Kreise der damaligen Zeit und die gängigen literarischen Trends spekulative Genres wie Science Fiction, Fantasy und Horror weiterhin gänzlich aus. In der Türkei gab es bis etwa in die 1980er-Jahre zwei Möglichkeiten für Literaturschaffende: Realismus oder sozialistischer Realismus. Versuchte man diese streng binäre Konstellation um eine dritte Option zu erweitern, wurde man schnell als bourgeoiser Intellektueller oder eskapistischer Literat abgestempelt. Das, verbunden mit dem ohnehin durch schlecht übersetzte Werke ruinierten Ruf der Science Fiction, schränkte das Interesse in der Türkei ziemlich ein. Damit Science Fiction Akzeptanz finden konnte, musste sich der Zeitgeist ändern. Auch dieser Wandel würde in gewissem Maße durch die westliche Science Fiction herbeigeführt werden.

Die 1990er-Jahre: Gute Science Fiction, gute Literatur

Im Jahr 1995 startete der Metis-Verlag unter der Leitung des Herausgebers Bülent Somay eine neue Serie übersetzter Romane unter dem Motto »Gute Science Fiction ist gute Literatur«. Zum selben Zeitpunkt brachten vor allem die Verlage İthaki, Sarmal und Altıkırkbeş ein breites Spektrum an übersetzten Science-Fiction-Werken heraus. Obwohl die Qualität der Übersetzungen, vor allem von Romanen, immer noch unbeständig war, bildete sich somit einen Pool für Science-Fiction-Liebhaber in der Türkei, die so zumindest Zugang zu den wichtigsten Werken des Genres bekamen.

Die Geburt von privaten Fernsehprogrammen im Vergleich zum vorherigen Staatsmonopol, die Verbreitung von Kinos, die Ausbreitung des englischsprachigen Unterrichts an den Hochschulen, die Einführung des Internets – all diese Entwicklungen führten dazu, dass Science Fiction beliebter als je zuvor wurde, während in den 1990er-Jahren die westliche Science Fiction mit dem rasanten Aufstieg und Fall des Cyberpunk-Genres eine Art Krise durchlebte. Fans konnten endlich die herausragendsten Beispiele der Science Fiction lesen und sich von ihnen inspirieren lassen. Englischsprechende Leser hatten Zugang zu SF in der Originalsprache und waren nicht gezwungen, auf Übersetzungen zu warten. Ermutigt durch den Abbau von Vorurteilen und durch die wachsende Zahl von Verlagen, die bereit waren, SF zu veröffentlichen, trauten sich viele Science-Fiction-Autoren, mit eigenen Flügeln zu fliegen. Das neue Jahrtausend gehört ihnen.

2000er-Jahre: Endlich kollektiv!

Die derzeitige Dynamik der einheimischen Science Fiction muss unbedingt im Zusammenhang mit der Verbreitung des Internets gesehen werden. Wie oben erwähnt, ist die SF-Produktion in der Türkei eher ein Mittel der sozialen Interaktion als ein literarischer Ansatz. Die im neuen Jahrtausend wie Pilze aus dem Boden schießenden Internetforen und ähnliche virtuelle Plattformen verstärkten diese Interaktion sogar noch mehr und gaben Leuten mit ähnlichen Interessen innerhalb der Populärkultur ein neues Gefühl der Zugehörigkeit. Das Gefühl der Kollektivität und der Vielfältigkeit, die durch diese Interaktionen entsteht, bringt auch ein weiteres Gefühl hervor, nämlich den Optimismus, dass das Schreiben von Science Fiction kein vergebliches Unterfangen mehr ist und dass es ein Publikum für einheimische Science Fiction gibt.

Seit 1998 zeichnet der erste türkische Science-Fiction-Literaturwettbewerb des türkischen Informatikmagazins TÜRKİYE BİLİŞİM DERGİSİ die besten Science-Fiction-Kurzgeschichten aus und erhöht damit die Sichtbarkeit der einheimischen Autoren. Seit diesem Zeitpunkt nahm die Anzahl ähnlicher Wettbewerbe kontinuierlich zu und die daraus entstehende Wettbewerbsatmosphäre unterstützt bis heute die Produktion von Texten sowohl in quantitativer als auch in qualitativer Hinsicht.

Zu Beginn des neuen Millenniums haben diese optimistisch stimmenden Hauptfaktoren zu einem sprunghaften Anstieg der inländischen Science-Fiction-Produktion geführt. Laut der Bestandsaufnahme von Bülent Akkoç, einem kürzlich verstorbenen Science-Fiction-Forscher und -Archivar, entspricht die Gesamtzahl der zwischen 1990 und 2000 veröffentlichten Science-Fiction-Werke der Zahl der in den vorherigen siebzig Jahren, von den 1920ern bis 1990, veröffentlichten Werke. Die Tatsache, dass diese Zahl bei 23 liegt, ist zwar besorgniserregend, aber auch diese Zahl ist ab 2000 rapide angestiegen, sodass es mittlerweile unmöglich ist, sie einzeln zu erfassen. Der neue Trend heißt: Ich lese, also kann ich auch schreiben!

Es ist wichtig anzumerken, dass die Interaktion mit westlichen Science-Fiction-Werken sich besonders in der türkischen SF von 1990 bis 2000 bemerkbar macht. Obwohl die Zahl der lokalen Bücher zunimmt, war dabei von einer Lokalkolorierung wenig zu spüren: Variationen von gängigen Tropen der modernen Science Fiction, Pastiches und von populären Filmen und Romanen inspirierte, ja fast kopierte, Fan-Fiction gab es zu diesem Zeitpunkt zuhauf. Diese Zeit kann man sogar als »Importperiode« der Science Fiction bezeichnen, denn statt eine eigene Stimme zu entwickeln, wurde hier wurde eher auf Adaptationen gesetzt.

Das wiederum bringt uns zu einer wichtigen Frage, die nicht oft genug gestellt wird: Wie einheimisch ist einheimische Science Fiction eigentlich? Unter den von Zühtü Bayar im obigen Zitat erwähnten Aspekten ist das Problem der »fremden Charakternamen« weitgehend überwunden worden. Es gibt aber weitere, nach wie vor bestehende Probleme: eine unnatürliche Schriftsprache, die an ausländische Fernsehserien erinnert; die Reproduktion gängiger Tropen, ohne eigenes hinzuzufügen; anstatt literarischen und ästhetischen Ansprüchen zu folgen, die türkische Sprache so zu benutzen, dass sie gerade mal für die Übermittlung der Ideen ausreicht. Das alles sind Probleme, die in der einheimischen Science Fiction immer noch zu finden sind.

Das bedeutet aber noch lange nicht, dass es hier kein Potenzial gibt. Vor allem das letzte Jahrzehnt hat gänzlich neue Möglichkeiten im Bereich Verlagswesen eröffnet: Selfpublishing ist eine davon. Wenn es denn nur wenige Verlage gibt, die bereit sind, Science Fiction zu publizieren, aber viele aufstrebende Autoren, dann greifen immer mehr SF-Autoren auf diese Möglichkeit zurück. So haben auch unbekanntere Autoren die Möglichkeit, gelesen zu werden und in der Literatur zu bestehen. Dank dieser Möglichkeit kann immer mehr und immer vielfältigere Science Fiction produziert werden. Letztendlich können sich SF-Autoren in unserer Zeit, in der die sozialen Medien zunehmend an Macht gewinnen, einen viel größeren Leserkreis erschaffen, wenn sie nur die richtigen Kanäle nutzen. Wenn aber andererseits die Zahl der Science-Fiction-Leser nicht mehr mit der Zahl der lokalen Autoren mithalten kann, wird es für den Leser schwierig, sich in dieser Vielfalt zurechtzufinden und einen eigenen Geschmack zu bilden. Außerdem verhindert die Fülle an redaktionell nicht bearbeiteten Science-Fiction-Werken zweifellos die Entstehung einer gewissen Qualität.

Zugegebenermaßen gibt es in jedem Literaturzweig eine Qualitätsachse, welche sich zwischen unter- und überdurchschnittlich erstreckt, und leider sind die wirklich guten Werke in jeder Literaturgattung in der Minderheit. Wird auch die heimische Science Fiction im Laufe der Zeit eine gewisse Originalität, literarische Kompetenz, thematische Vielfalt und eine einzigartige Koloration erreichen können? Wird der Leser diese annehmen, sie von ihren ausländischen Pendants unterscheiden? Die Antworten auf diese Fragen werden die Zukunft der einheimischen Science Fiction prägen.

Quellen und Anmerkungen

Semin Güven: Der Zwischenfall in der Aufwacheinheit
Gewinner des Science-Fiction-Kurzgeschichtenwettbewerbs der TBD Türkische Informatikgesellschaft 2021; in der Türkei noch unveröffentlicht.

Özgür Hünel: (Heilige) Bestseller
Dritter Platz beim Science-Fiction-Kurzgeschichtenwettbewerb der TBD Türkische Informatikgesellschaft 2017; Ersterscheinung in der Science-Fiction-Anthologie *Karanlık Şafaklar* des Paris Verlags, 2022.

Funda Özlem Şeran: Über den Wolken
Ersterscheinung in *Olasılıklar*, Science Fiction aus der Türkei, 2023.

Selin Arapkirli: Bitte nicht stören
Ersterscheinung in *Futuchia: Fantascienza contemporanea turca*, Future Fiction, 2021 und in der Science-Fiction-Anthologie *Karanlık Şafaklar* des Paris Verlags, 2022.

Onur Selamet: Die Ohrfeige
Ersterscheinung in der Kurzgeschichtensammlung *Tüm Panayırların Heyulası: Kayıp Rıhtım Öykü Antolojisi* des İthaki Verlags, 2022.

Nur İpek Önder Mert: Nemesis
Zweiter Platz beim Science-Fiction-Kurzgeschichtenwettbewerb der TBD Türkische Informatikgesellschaft 2020; Ersterscheinung 2021 in der Science-Fiction-Sammlung *Silsile Bilimkurgu Öyküleri* des Verlags İthaki.

Tolga Aydın: Schlag aufs Herz
Gewinner des Science-Fiction-Kurzgeschichtenwettbewerbs Future Science Team 2018.

Tuğrul Sultanzade: Der Geist
TBD 2019, Förderpreis beim Science-Fiction-Kurzgeschichtenwettbewerb der TBD Türkische Informatikgesellschaft; Ersterscheinung 2021 in der Science-Fiction-Sammlung *Silsile Bilimkurgu Öyküleri* des Verlags İthak.

Özgür Tacer: Nachwort
Ersterscheinung in der Zeitschrift NOTOS, Mai/Juni 2022.

Der Herausgeber

Ünver Alibey wurde in der Stadt Limassol auf Zypern geboren. Nach einem Abschluss in Anglistik der Universität İstanbul arbeitete er zehn Jahre lang als Lehrer sowie als Redakteur und Übersetzer im Verlagswesen. Danach begann er, selbst Bücher zu schreiben, hauptsächlich Science Fiction für Jugendliche und junge Erwachsene. Seit Kurzem gibt er auch SF-Anthologien heraus, die in der Türkei, auf Zypern, in Italien, den Niederlanden, Griechenland und Deutschland veröffentlicht werden.

Die Übersetzerin

İnci Asena German wurde in Izmir, Türkei geboren. Nach einem Aufenthalt in den USA machte sie ihren Abschluss in Französisch-Türkisch-Übersetzung und Dolmetscherei an der Hacettepe University in Ankara und zog danach für ein Masterprogramm in Anglistik nach Wuppertal. Sie blieb in Deutschland und arbeitete unter anderem im Medienbereich als technische Übersetzerin, als Sprachberaterin im Theaterbereich sowie Buchhändlerin. Ihre Übersetzung des Tuğsal Moğul-Stücks »Auch Deutsche unter den Opfern«, das vom NSU-Fall handelt, erschien 2018 im Rowohlt-Verlag und wurde im selben Jahr in Istanbul inszeniert. Sie rezensiert Filme und Bücher auf ihrem Blog proteandepravity und lebt und arbeitet in Berlin.

MEMORANDA

MEMORANDA veröffentlicht vornehmlich Sachbücher zu den Themen Science Fiction und Fantasy, darunter Werke zur Geschichte des Genres oder neue Titel und ausgewählte Neuausgaben der 1994 begründeten Reihe ›SF Personality‹, aber auch Erzählungen und Romane deutscher sowie internationaler Autoren.

Die MEMORANDA-Bücher erschienen von 2015 bis 2019 im Golkonda Verlag und werden seit Januar 2020 von Hardy Kettlitz im Memoranda Verlag herausgegeben.

Sollten Sie von Ihrem Händler die Auskunft erhalten, dass ein Buch nicht lieferbar ist, wenden Sie sich bitte direkt an den Verlag.

Eine Übersicht zu den lieferbaren Titeln finden Sie auf

www.memoranda.eu